Unkorrigiertes Lese- und Arbeitsexemplar

Liebe Buchhändlerin, lieber Buchhändler,
wir wünschen Ihnen viel Spaß bei der Lektüre und hoffen, dass Ihnen das Buch gefällt. Bitte geben Sie das Leseexemplar an Ihre Kolleginnen und Kollegen weiter, da beim Vertreterbesuch ein Arbeitsexemplar mit vielen Beurteilungen sicher nützlich ist.

Gelesen von:	Kurzurteil:

Wir sind an Ihrer Meinung sehr interessiert. Bitte schreiben Sie uns auf der beiliegenden Antwortkarte.

Ihr
Markus Klose
DIANA VERLAG
Vertriebsleitung

JAY BASU

Die Sterne können warten

ROMAN

Aus dem Englischen von Marie Rahn

Unkorrigiertes Leseexemplar für Buchhandel und Presse

Erscheinungsmonat: August 2002
Bitte besprechen Sie dieses
Buch nicht vor dem
23. August 2002.

Papier und Ausstattung des
Leseexemplars entsprechen nicht
der endgültigen Auflage.

Diana Verlag
München Zürich

Die Originalausgabe erschien 2002 unter dem Titel
The Stars Can Wait bei Jonathan Cape, London

1. Auflage

Satz: Filmsatz Schröter GmbH, München
Druck und Bindung: Clausen & Bosse, Leck
Printed in Germany

ISBN 3-8284-0070-1

Für Ann, Dipak und Laura Basu,
für meinen Liebling T.K.,
für Becky Strzeja und für Paul Strzeja,
ohne dessen Geschichte diese
niemals hätte geschrieben
werden können.

Der Himmel liebt den Weihrauch sehr,
doch nicht als Duft, als Träne mehr.
Und Sterne sind in ihrer Pracht
des Lichtes Tränen in der Nacht.

Andrew Marvell, *Eyes and Tears*

Das Dorf Maleńkowice gibt es nicht und hat es nie gegeben; aber Umgebung und Gestaltung entsprechen der Wirklichkeit. Der osteuropäische Landstrich, den man als Schlesien bezeichnet und der im Mittelalter von Deutschen und Polen besiedelt wurde, gehörte mal zum Königreich Polen, mal zu Böhmen, mal zum österreichischen Zweig der Habsburger und mal zu Preußen. Als Polen 1918 dann unabhängig wurde, wollte die Polnisch sprechende Bevölkerung von Oberschlesien östlich der Oder ebenfalls dazugehören. Nach drei polnischen Aufständen und einer Volksabstimmung wurde das Gebiet hauptsächlich zwischen Polen und Deutschland aufgeteilt, allerdings bekam Polen nur knapp ein Siebtel des ursprünglichen Gebietes von Gesamtschlesien. Auf diesem kleinen Fleckchen Erde entfaltet sich unsere Geschichte.

Eins

In einer Herbstnacht im Jahre 1940, ein Jahr also nach der Besetzung durch die Deutschen, saß in einem Dorf namens Maleńkowice mitten in dem Gebiet, das als Oberschlesien bekannt ist, ein fünfzehn Jahre alter Junge namens Gracian Sófka kerzengerade und angespannt in seinem Bett und betrachtete seinen schlafenden Bruder. Er atmete vorsichtig und unter Wahrung der Stille, ließ jeden Atemzug zu einer weißen Wolke in der kalten Luft erblühen und wieder verblassen. Sein zwölf Jahre älterer Bruder Paweł murmelte etwas im Schlaf, während das Mondlicht ihm mit einem vereinzelten, lang gezogenen Strahl über Gesicht und Kopfkissen fuhr. Als Gracian sicher war, dass er fest schlief, schwang er langsam seine Beine vom Bett und setzte die Füße auf die Dielen. Er langte hinunter, nestelte mit den Händen in der Dunkelheit, streifte sich die Hose aus Wollstoff und einen dicken Pullover über sein Nachthemd, zog sich die Schuhe an und verharrte einen Augenblick und noch einen, damit sich das leise Quietschen der Matratze in der Stille verlor. Dann stand er auf und ging zur Tür, nahm seinen Mantel vom Haken und warf ihn sich über. Er klopfte leicht über die Taschen, um die Ausbuchtung seines speziellen Schatzes zu ertasten, wartete mit einer Hand auf dem Rahmen der geöffneten Tür, auf nichts oder vielleicht auf den richtigen Zeitpunkt, dann schlich er sich hinaus.

Im Flur war er nicht leise genug, als er am Schlafzimmer seiner Mutter vorbeiging. Am Ende des Flurs befand sich ein Fenster. Der Mond zeichnete fahle Rechtecke auf das schmutzige Holz. Ein Stockwerk unter ihm schliefen seine ältere Schwester, ihr Mann und ihr Baby, außerdem hatten sie ein paar Tiere wegen der Kälte in die Küche gesperrt. Er kam zum Fenster. Er öffnete den Verschluss und schob die untere Hälfte so weit wie nötig nach oben. Das Holz war alt, und winzige, weiße Splitter fielen auf seine Hände, und dann öffnete sich ein Spalt in die Nacht, und sein Herz schlug schon durch ihn hindurch.

Er kletterte mit geübter Wendigkeit hinaus, drehte sich auf dem Sims herum, kniete sich hin und griff nach dem Holz, dann ließ er sich langsam hinuntergleiten, bis er flach an der Hauswand hing. Die Nacht war schwarz und undurchdringlich und eine kühle Brise prickelte auf sciner Haut. Er griff mit einer Hand zum Holzapfelbaum, der im Hof stand, und spürte die kalte, raue Rinde des nächsten Astes, den er fest umklammerte. Dann stieß er sich leicht von der Wand ab, schwang mit der anderen Hand durch die Luft, umfasste mit ihr ebenfalls den Ast und war frei, während das gesamte Blätterdach von seinem Gewicht ins Schwanken geriet und die roten Blätter raschelnd zu Boden stürzten, blutroter Schnee, der mit den Schatten dort unten verschmolz. Er hangelte sich den Ast entlang, bis er den Stamm erreichte, ließ sich fallen und traf auf festen Boden.

Dann rannte er. Er rannte durch den finsteren Hof, sprang über dessen Mauer, lief über die Anhöhe mit den Feldern auf den Waldsaum zu, hinter sich den eigenen Schatten, der sich im Mondlicht erhob, um ihn einzuholen, vor sich die weißen Fahnen seines rasch gehenden Atems. Auf dem Feld waren keine Patrouillen, doch im Wald musste er vorsichtig sein.

Die Dunkelheit des Waldes war mit keiner anderen zu vergleichen, und die Stille war nicht die Stille des Todes, sondern die des Wachens der Dinge. Aber der Junge wusste den Weg und schritt vorwärts, als folgte er einem Pfad oder einem Schattenstrahl, den nur er sehen konnte. Er schlängelte sich durch die Bäume und über dunkles Dickicht hinweg, horchte auf das Rascheln seiner Füße und das scharfe Geräusch seines Atems und stolperte immer weiter durch die Finsternis auf sein Ziel zu. Irgendwo in der Tiefe des viele Quadratkilometer großen Waldes, in die er sich noch nie vorgewagt hatte, ertönte ein kurzes, undeutliches Rumpeln, und da wusste er, dass die deutschen Wagen dort um die kleinen Baracken des Stützpunktes Streife fuhren.

Weniger als halb so weit entfernt hörte er Stimmen

und das Geräusch von Füßen, die sich nicht so vorsichtig bewegten wie seine eigenen. Und danach sah er jäh einen Lichtschein über die Bäume wandern, der sich zu zwei zitternden, sich wieder und wieder brechenden Lichtstrahlen konzentrierte, während die Stimmen, die in gedämpften Salven Deutsch miteinander sprachen, immer näher kamen. Gracian verbarg sich hinter einer mächtigen Kiefer und ließ sich von der Dunkelheit verschlucken. Die beiden Männer kamen mit vorgehaltenen Taschenlampen näher. Der Brustkorb des Jungen hob und senkte sich in der Dunkelheit, seine Kehle brannte, und die Muskeln seiner Beine waren angespannt. Jetzt waren die Männer schon sehr nahe, ihre Schritte schienen in seinem Kopf widerzuhallen, und die Lichtstrahlen hüpften und verharrten bei den Nachbarbäumen und beleuchteten deren zerfurchte Rinde, bis sie schließlich dort landeten, wo der Junge wartete. Er schloss die Augen. Er konnte hören, wie die Männer stehen blieben und über die Kälte murrten, und er konnte fühlen, wie sich das Licht um den dicken Stamm schlängelte, immer weiter, um sein Gesicht zu erreichen und es der Dunkelheit zu entreißen.

Doch dann war das Licht weg und die Männer verschwanden. Der Junge wartete und reckte schließlich den Kopf um den Stamm. Zwei Männer. Olivfarbene Mäntel und schwarze Pistolenhalfter. Die Patrouille.

Und wieder rannte er. Tief in den Wald zu seinem ganz speziellen Ort, zu dem Ort, den er aufsuchte, seit er zwölf Jahre alt war. Zum Aussichtspunkt. Eine winzige, nur ein paar Quadratmeter große Lichtung, wo die Bäume den Himmel in einem geschlossenen Kreis rahmten, als wollten sie ihn der Erde darunter präsentieren. Als der Junge dort ankam, warf er sich auf die dichte Matte aus Farn und Gras, rollte sich auf den Rücken, kam langsam wieder zu Atem und ließ seinen Schweiß von der Luft kühlen. Dann erst sah er den Himmel richtig an. Keine Wolke. Ein reines, grenzenloses Nichts, durchstochen von einhundert Milliarden Sternen. Das Universum in einem Ring aus Baumwipfeln.

Lange Zeit lag er dort und blickte hinauf. Dann griff er in seine Manteltasche und zog das goldbronzene Vergrößerungsglas hervor, das sein Vater in den letzten Monaten seiner Krankheit zum Lesen benutzt hatte, und wog es in seiner Hand. Er griff noch einmal in die Tasche, holte ein kleines Buch heraus und strengte sich an, im schwachen Licht der Sterne erneut den Titel zu lesen. WSTĘP DO ASTRONOMII – Einführung in die Astronomie –, verblichene rote Buchstaben auf cremefarbenem Untergrund. Er blätterte seine Lieblingsseiten auf, ignorierte den Text und betrachtete prüfend die Bilder. Sternbilder, insgesamt achtundachtzig. Darunter ihre Namen – Namen, die von Wildheit, von Rastlosigkeit zeugten und in einer Sprache abgefasst waren, die nicht die seine war –: Fluss, Ofen, Jagdhunde; *Eridanus, Fornax, Canes Venatici.* Löwe, Wolf, Kreuz des Südens; *Leo, Lupus, Crux.*

Er lehnte das Buch neben seinen Kopf, legte sich

wieder zurück und hob die Lupe an seine Augen, bis der Himmelsring hinter die Linse geglitten war und sich ihm entgegenwölbte. Dann beobachtete er, wie die Sterne erst größer und dann wieder klarer wurden, während das Glas über sie hinwegfuhr, und suchte nach den Konstellationen, die in gedruckter Form auf der Buchseite zu sehen waren.

Im Osten der Große Bär. Im Westen der Krebs. Mit den Augen fuhr er ihre Formen entlang, als würde er lesen.

Nach einer Weile ließ er das Glas sinken, hüllte sich gegen die Kälte fester in seinen Mantel und beobachtete nun ohne Sehhilfe den Himmel. Er wusste, er würde bald aufbrechen müssen, doch er war in einer träumerischen Stimmung gefangen, und er stellte sich vor, wie er hinauf in die Weite stieg, immer höher, bis auch er nur noch eine weitere Nadel wäre, die über der Welt tanzte. Dann entließ ein Meteorschauer im Norden des Baumkreises fünf oder sechs Schweife, die sich ausbreiteten und dann erstarben, als ob eine goldene Hand sich durch die Tiefe des Raums erhoben und nach der Nacht gegriffen hätte, und Gracian war in Staunen versunken.

Als er die Schritte hörte, war es zu spät. Er fühlte, wie ihn zwei Hände grob am Mantelkragen griffen, und versuchte, nach Luft zu schnappen, aber eine Hand verschloss ihm den Mund. Das Gesicht eines Mannes zeigte sich verkehrt herum über dem seinen und verdeckte den Himmel.

»Du Idiot.«

Paweł. Es war sein Bruder Paweł, der ihn mit der gesunden Hand nach oben zog, um ihm ins Gesicht zu sehen. Mit seiner lädierten Hand hielt er Gracians Nacken umfasst.

»Was fällt dir ein, nach der Ausgangssperre hierher zu kommen«, sagte er leise und heftig. »Liegst da auf dem Boden wie ein Verrückter! Weißt du nicht, dass sie dich umbringen, wenn sie dich finden? Heute Nacht wimmelt es im Wald nur so von Patrouillen, du dummer Junger, *ty idioto*!«

Paweł riss seinem Bruder das Vergrößerungsglas aus der Hand.

Als Gracian seine Sprache wieder fand, sagte er: »Aber was machst du – du hast doch *geschlafen* …«

»Du bist verrückt, weißt du das?«, sagte Paweł

und zog seinen Bruder in die Höhe, bis beide hockten. »Und jetzt sei still und folge mir. Und bleib *dicht hinter mir*!«

Dann führte Paweł seinen Bruder auf einem Weg durch den Wald zurück, den er nie zuvor gegangen war, bis sie wieder am Haus waren, bis die Sonne am fernen Waldrand leckte und die Schwärze sich in ein feuriges Orange verwandelt hatte. An diesem Tag musste Gracian eine Nachmittagsschicht in der Zeche Richter fahren, die früher Zeche Siemianowice hieß.

Bevor sie wieder durch das Fenster kletterten, wandte sich Gracian seinem Bruder zu.

»Erzähl Mutter nichts davon«, flüsterte er.

Paweł legte seinem Bruder beide Hände auf die Schultern.

»Nein. Dieses Mal nicht. Und du solltest bis an dein Lebensende dafür dankbar sein«, sagte er.

Dann schüttelte er den Kopf und blickte Gracian mit strenger Miene an. »Aber dieser Wahnsinn muss ein Ende haben, verstanden?«, sagte er. »Das war das letzte Mal, dafür sorge ich. Dieses Steckenpferd ist es nicht wert, dass du dein Leben dafür riskierst oder Mutters Seelenfrieden. Die Sterne können warten, Junge – das haben sie schon immer getan.«

Gracian antwortete nicht. Dann sagte er: »Wie hast du mich gefunden, Paweł?«

Sein Bruder lächelte nicht. Er verschränkte nur seine Hände, damit Gracian sich darauf stellen konnte, und befahl ihm, sich zu beeilen, bald ginge die Sonne auf.

Eine Stunde später fingen die Hähne an zu krähen. Es war der Herbst des Jahres 1940. In einem kleinen Bergbau-Dorf in Oberschlesien. Gracian Sófka war fünfzehn Jahre alt. Ein ganzes Jahr lang hatte er bereits sein Leben aufs Spiel gesetzt, um den Himmel zu betrachten.

Innerhalb eines halben Jahres würde Gracian noch zweimal in die Tiefe des Waldes vordringen, die deutsche Armee würde an der französischen Atlantikküste stehen, die Sternbilder würden ihren geheimen Pfaden durch das Universum gefolgt sein, und Paweł Sófka würde nicht länger am Leben sein.

Wenig später wurde Gracian von seiner Mutter geweckt. Sie rüttelte ihn, und als er die Augen öffnete, sah er, dass helles Sonnenlicht ins Zimmer drang. Seine Mutter zog an der Bettdecke.

»Steh auf«, sagte sie streng. »Du schläfst zu viel.«

Gracian sah, dass sein Bruder fort war, sein Bett war leer und ordentlich gemacht, und plötzlich bekam er Angst.

»Wo ist Paweł?«, fragte er.

»Weg«, sagte seine Mutter. »Fragt nach Arbeit. Jetzt zieh dich an, du musst die Tiere füttern, bevor du gehst.«

Paweł hatte es ihr nicht erzählt.

Gracian warf sich die Kleider über und ging zusammen mit seiner Mutter nach unten. Am Tisch saß seine Schwester Franciszka mit dem Kind auf dem Schoß und wusch in einer Metallschüssel Wäsche. Ihr Mann, Józef Kukła, war schon zur Arbeit gegangen. Er war Bäcker. Bevor Gracian in den Hof ging, sah er in der Schublade unter der Spüle nach und fand das alte Vergrößerungsglas seines Vaters in seinem Säckchen aus braunem Stoff.

Dass Paweł ihn an seinem Aussichtspunkt gefunden hatte, kam Gracian nicht besonders merkwürdig vor. Denn Paweł stellte ein Geheimnis dar. Für Gracian, für seine Mutter und seine Schwester, für das ganze Dorf. Ein Geheimnis.

Als Gracian fünf Jahre alt war, verließ Paweł für neun Monate sein Elternhaus. Seine Mutter und sein Vater, der damals noch lebte, behaupteten, er sei für eine Zeit lang nach Deutschland gegangen. Niemand wollte darüber sprechen, am wenigsten sein Vater, der jedes Mal bei der Erwähnung von Pawełs Namen verstummte, die Brille abnahm, sie mit seiner großen Hand zusammenfaltete und dann durch das Fenster zum schattigen Wald blickte.

Und dann kam Paweł zurück und wollte zur polnischen Armee. Er wurde Korporal, denn er konnte reiten. Nach sieben Jahren Militärdienst nahm er seinen Abschied, kam nach Hause und beschaffte sich Arbeit als Sattler. 1938 meldete er sich erneut freiwillig zur Armee und wurde in der Südslowakei als berittener Funkassistent stationiert, um gegen die bevorstehende Invasion der Deutschen zu kämpfen. Seine Aufgabe war es, mit einer riesigen Kabelrolle, die er sich über die Schulter geschlungen hatte, zwischen den Stützpunkten hin- und herzureiten und dabei das Kabel auszulegen.

Dort hatte er hart und lange gekämpft und gesehen, wie viele Männer verletzt oder getötet wurden. Zwei Tage bevor die Deutschen die Polen überwältigten, geriet er in einen Granatenhagel. Sein Pferd starb unter ihm und ihm wurden zwei Finger seiner linken Hand abgerissen. Eine Zeit lang suchte er sie noch im Gras, dann fand ihn seine Einheit und brachte ihn in Sicherheit. Wenn es Gracian gelang, ihm etwas über seine Erlebnisse in der Armee zu entlocken – was selten genug geschah, denn Paweł sprach nur wenig –, dann sagte er:

»Wozu brauche ich noch zwei überflüssige Finger, Junge? Jetzt sind sie zumindest zu etwas nütze, düngen die karmesinroten Blumen am Hron-Fluss.«

Als die polnische Armee schließlich kapitulierte, hatte Paweł die Uniform ausgezogen und Zivilkleidung angelegt. Woher er die hatte, würde er nie verraten, aber Paweł war ein findiger Mann, und Gracian konnte sich vorstellen, dass er damals einen der slowakischen Dorfbewohner überredet hatte, ihm zu helfen.

Und dann, während seine Hand die straff angelegten Bandagen mit Blut tränkte und sie langsam so rot färbte wie die Blumen, von denen er gesprochen hatte, lief Paweł los.

Er lief allein durch das slowakische Erzgebirge, folgte dem Hron bis nach Brezno, ging dann über offenes Land bis zu den dunklen Karpaten, wo er sich im Schutz der Bergspitzen verbergen konnte. Dann weiter auf die Gipfel der Hohen Tatra zu, die von Staub und Schnee ummantelt waren, über die einsamen Pässe und schließlich über die Grenze nach Polen, wo er in Rabka ein Pferd stehlen und durch das raue Land südlich von Kraków bis nach Schlesien reiten konnte. Sein Pferd war halb verhungert, als er die Lichter von Katowice wie ferne Bittsteller in der Wildnis sehen konnte. Und dann zu Fuß weiter bis nach Maleńkowice und schließlich nach Hause, wo er an der Schwelle zusammenbrach, abgemagert bis auf die Knochen, die wie Schiffsspanten unter der rot verbrannten Haut hervorstachen.

Er war drei Wochen unterwegs gewesen, um einer Gefangennahme zu entgehen. Und hatte fast zweihundert Kilometer zurückgelegt.

Nach seiner Rückkehr fragten ihn viele aus dem Dorf, warum er nicht, wie andere auch, nach Italien oder in die Schweiz geflohen war oder sich den polnischen Streitkräften wieder angeschlossen hatte. Aber Paweł antwortete ihnen nicht, denn die Antwort war offensichtlich. Er hatte sie am Tag seiner Rückkehr gegeben, mit staubigen und ausgedörrten Lippen am Küchentisch geflüstert, als seine Familie Essen und Wasser für ihn bereitstellte. Die einzig wahre Antwort, schlicht und einfach in einem einzigen Wort:

»Anna …«

Anna Malewska. Tochter von William und Urszula Malewska. Pawełs große Liebe und seine Verlobte. Sie war eine Schönheit, wie sie das Dorf Maleńkowice nie zuvor gesehen hatte. Ihre Haut war so weiß wie Morgenmilch, ihr gescheiteltes Haar zwei Ziegenherden in der Farbe schwarzer Seide, die ihr über die Schultern liefen. Ihre Augen strahlten im duftigen Braun von Sandelholz. Für Anna Malewska würde ein Mann mit Freuden die ganze Welt umrunden, dachte Gracian, als sein Bruder an einem Tag vor einem Jahr ihren Namen hervorgestoßen hatte, und er hatte die Augen geschlossen, um sich ihr Gesicht vorzustellen und erneut den silbernen Stich zu spüren, den er nicht einordnen konnte.

So erholte sich Paweł und verbrachte viel Zeit außerhalb seines Elternhauses, bei Anna oder auf Arbeitssuche, obwohl immer im Dunkeln blieb, wohin er ging oder wen er sah. Wegen seiner verstümmelten Hand konnte er kein Handwerk ausüben, und er hatte immer behauptet, der Kohlenbergbau sei nichts für ihn. Dies erbitterte seine Mutter, die für Pawełs Unterhalt aufbrachte, was sie nur konnte.

»Dort bekommst du Arbeit, Paweł – ich kann nicht mein ganzes Leben für dich sorgen. Es ist einfach nicht genug da«, sagte sie immer. Paweł blickte dann missmutig vor sich hin, fuhr sich durchs Haar und verschränkte die Arme.

»Gib mir ein bisschen Zeit, Mutter. Ich finde schon etwas. Ich habe dich nie um dein Geld gebeten.«

»Hör zu«, sagte sie. Ihr Gesicht blieb ruhig, doch ihre Stimme nahm einen stählernen Klang an. »Ich habe schon genug von deiner Undankbarkeit mitbekommen, Paweł. Wenn die Grube gut genug für deinen Vater war und jetzt gut genug für deinen Bruder ist –«

Dann stieß Paweł seinen Stuhl zurück, dass er polternd über den Boden schleuderte, und stand auf.

»Aber vielleicht sollte sie nicht gut genug für Gracian sein! Er versorgt damit nur die Deutschen –«

Seine Mutter erstarrte mit rotem Gesicht und erhobenem Kochlöffel. Sie duldete nicht, dass über die Deutschen geredet wurde. Sie hatte Angst, wie alle im Dorf.

»Fang nicht so an, Paweł«, sagte sie mit eindringlicher Stimme und weit aufgerissenen, entsetzt blickenden Augen. »Mit deinem Gerede könntest du uns alle umbringen.«

Und dann ging er. Gracian aber wurde niedergedrückt von der Stille des Hauses und der Stille seiner Mutter, die sich schwer auf seine Schultern legte. Später kam Paweł stets zurück, entschuldigte sich, umarmte seine Mutter und versprach, am nächsten Tag die Zeche aufzusuchen, doch niemand glaubte ihm.

So war Paweł Sófka. Immer auf dem Sprung. Nie blieb er. Manchmal, am Ende eines Tages, wenn Gracian müde von der Arbeit bei seinem schweigsamen Bruder saß, fühlte er, wie der Wunsch in ihm aufstieg, ihn über sein Leben zu befragen; aber etwas im stillen Gesicht seines Bruders bewirkte, dass die Worte in ihm zurückfielen und ertranken, bevor sie seinem Mund entschlüpften, und dann konnte er kein Wort sagen, und es war zu spät, und Paweł stand auf, klopfte sich den Staub von der Hose und verschwand wieder einmal nach draußen – in das sorgsam gehütete Geheimnis seiner selbst.

Als Gracian ein Kind von sechs oder sieben Jahren gewesen war, hatte er einmal die Taschen von Pawełs mitternachtsblauem Anzug durchsucht, der auf einem eigenen schweren Holzbügel im Schrank hing. Er suchte nach ein paar herrenlosen Złoty, um sich im Dorf *cukierki*, Karamellbonbons, zu kaufen. Er musste sich auf einen Stuhl stellen, um an den Anzug zu gelangen, der schon so abgetragen war, dass er an den Knien und Ellbogen glänzte, so als hielte er dort die Kraft von Pawełs Gelenken zurück, und er steckte seine Hände zuerst in die Hosentaschen, dann unter das Revers der Jacke und dann oben in die Innentasche. Aber er fand dort nur Fusseln. Er versuchte es in der linken Seitentasche der Jacke, dann in der rechten. In der rechten stieß er an etwas. Er legte seine Finger ein zweites Mal darüber und fühlte das Gewicht, die Glätte. Dann zog er es heraus, öffnete seine Handfläche, um es freizugeben, und starrte auf seinen Fund.

Die Waffe war klein und rechteckig, nur ein wenig größer als seine Hand. Die Oberfläche war silbern und glänzend poliert, und sie wies ein paar geprägte

Buchstaben und Zahlen auf, die er nicht entziffern konnte. Der Griff war weiß und hart. Er hielt ihn mit beiden Händen und zielte auf den Boden, schob den Stuhl, der auf den unebenen Dielen Widerstand leistete, in eine andere Position. Er legte beide Zeigefinger an den Abzug und zog ihn fest zu sich hin. Etwas im hinteren Teil der Waffe bewegte sich, und dann gab es ein lautes, sattes Klicken, das in ihm widerhallte. Vor Überraschung ließ er die Waffe fallen, die krachend auf dem Holz aufschlug. Sofort sprang er vom Stuhl, hob sie auf und schob sie zurück in die Jackentasche. Sein Herz raste vor jäh aufwallender Furcht angesichts des Lichtstreifens unter der Tür.

Mit schwerem Herzen ging Gracian zum Bergwerk. Paweł hatte gesagt, er würde ihn nicht mehr in den nächtlichen Wald lassen, und Gracian glaubte ihm. Eine Freude, die er seit seinem zwölften Lebensjahr für selbstverständlich gehalten hatte, sollte ihm entrissen werden, und er hatte das Gefühl, etwas, was zu groß war, um es ganz zu sehen, sei zu Ende, bevor er so weit war.

Er ging, die Ohren tief im aufgeschlagenen Mantelkragen vergraben, durch das Dorf. Der Winter nahte. Es war heller als sonst, die vom Kohlenstaub durchsetzte Luft wurde durch die kalten Winde aus dem Norden gereinigt. Als er an einem deutschen Schutzpolizisten vorbeiging, verfolgte der ihn mit seinen Augen, die so fahl waren wie Seerosen.

Im Umkleideraum hängte Gracian seinen Mantel auf, zog sich unter Verrenkungen den Overall an und ging zu den anderen Bergarbeitern in den umzäunten Vorhof. Er blickte auf das Moos und das Unkraut, das in Betonrissen wuchs, als der Aufzug erschien. Mit den anderen trat er hinein, und der Aufzug tauchte ab und verursachte in seinem Magen ein Gefühl des Schwebens. Auf Ebene vier, einen Kilometer unter der Erde, stieg er aus.

In dem Stollen herrschte auch eine Art Nacht. Aber es gab keine Sterne. Es gab nur die breite, schwarze, glänzende Wand und das weiße Licht der Acetylenlampen.

Der Vorarbeiter hatte einen brennenden Zigarettenstummel im Mundwinkel. Gracian wartete auf seine Zuweisung und beobachtete, wie der dunkel orangefarbene Kreis sich hob und senkte, während der Vorarbeiter sprach, und dann bestieg er den offenen Förderzug und schwankte in seinem Rhythmus, bis er seinen Streb erreichte. Gerard Dylong, sein Partner, war schon da.

»Hallo, Galileo«, sagte Dylong. Dylong hatte Gracian schon tausendmal über die Sterne sprechen hören. Er war der Einzige, der ihm zuhörte. Er schlang seinen Arm um Gracians Schultern.

»Heute werden wir die ganze Wand zu Staub zerfallen lassen«, sagte er.

Dylong, mit seiner dunklen, zerfurchten, ledrigen Haut und seinem bärenähnlichen Kreuz. Dylong, dessen Geist vielen Männern zufolge durch eine Tragödie getrübt worden war.

»Hör nicht auf Gerard Dylong! Er ist ein Verrückter. Er ist krank im Kopf!«

So sagten sie.

Dylong war dreiundfünfzig Jahre alt, der älteste Bergmann in ganz Südpolen. Als er vierzig Jahre alt wurde und sich somit kurz vor dem für Bergarbeiter üblichen Ruhestand befand, starb seine Frau im Kindbett und sein einziger Sohn mit ihr. Da weigerte sich Dylong, seine Arbeit aufzugeben, und war seitdem in der Zeche geblieben.

»Was soll ich zu Hause?«, hatte er gesagt. »Ebenfalls sterben, sonst nichts.«

Aber niemand konnte seine Fähigkeiten als Bergarbeiter leugnen, denn sie waren unvergleichlich, und Gracian hatte sie mit eigenen Augen gesehen. Dylongs Wissen über Kohlenflöze schienen an Telepathie zu grenzen. Jede Schicht stand er vor der Wand, eine seiner breiten Hände in die Hüfte gestemmt, die andere auf seinem Kinn, während er tief in Gedanken versank. Er trat einen Schritt vor, fuhr mit der Hand über den Stein, schnalzte mit der Zunge, biss sich auf die Lippe und warf einen Blick auf Gracian, der ihm gespannt zusah. Dann gab er dem Jungen exakte Anweisungen, wo und wie viel Sprengstoff er anzubringen hatte, und sah schweigend zu, wie die Kohle bei der Explosion zu Boden fiel, und wenn die Staubwolke verflogen war, lag dort eine Riesenmenge erstklassiges Gestein, das verladen werden konnte. Zusammen schafften Dylong und der Junge in wenigen Stunden zweimal so viel weg wie andere an einem ganzen Tag.

Dylong hatte eine Theorie. Er glaubte, dass es irgendwo, tief eingebettet in der schwarzen Kohlenmasse, ein großes, unerschlossenes Reservoir an Schwefel gab. Er behauptete, er könne das Vorkommen von Schwefel durch die Haut spüren. Er behauptete, er könne das gelbe Mineral tief in den Knochen spüren, dort, wo das Mark sitzt. Er behauptete, eines Tages würde er die Schwefelschichten finden und sie würden ihn zum reichsten Mann im ganzen Land machen.

Bei jeder Schicht gelobte er, den Schwefel zu entdecken, und bei jeder Schicht blieb sein Gelöbnis unerfüllt.

Sie arbeiteten hart und ohne viele Worte. Dylong beendete seine Überlegungen und dann bohrte er an verschiedenen, ausgewählten Punkten in der Wand Löcher. Gracian bereitete den Sprengstoff vor, holte die in Ölpapier eingeschlagenen grauen Stäbe heraus, drückte die Sprengkapseln in die Spitzen und schob sie dann bis zum Rand in die Bohrlöcher. Danach drückten beide Männer den weichen Ton um den trockenen Feuerstein, traten zurück, und es gab eine donnernde Explosion, und Dylong betätigte den Ventilator, um den Ertrag zu überblicken, und dann konnten sie damit beginnen, die Decke mit feuchten Holzpfählen abzustützen, bevor die Waggons beladen wurden.

Aber Gracian war nicht bei der Sache. Er konnte nur daran denken, dass er in der Nacht zuvor entdeckt worden war und sein Aussichtspunkt in dieser Nacht leer bleiben sollte und in jeder Nacht, die noch kommen würde. Dieser Gedanke ließ seine Muskeln erschlaffen, und er fiel beim Beladen zurück, weil die Schaufel in seiner Hand sich wie eine schwere Bürde anfühlte. Dylong bemerkte es, hielt in seiner Arbeit inne und sah den Jungen an.

»Was ist los, Galileo, machen deine mageren Muskeln doch noch schlapp?«

»Nichts ist los«, sagte der Junge.

Dylong lehnte seine Schaufel an den Waggon, verschränkte die Arme, ließ seine Bizeps spielen und grinste.

»Bewölkt, letzte Nacht?«, fragte er.

»Halt einfach den Mund, Dylong«, antwortete Gracian.

Da schnellte Dylong mit einem Arm vor und schlug dem Jungen so heftig gegen den Hinterkopf, dass er gegen seine massige Gestalt fiel.

»Der Letzte, der das zu mir sagte, hat es ziemlich schnell bereut«, sagte er.

Doch bevor Gracian ein Wort sagen konnte, grinste Dylong schon wieder und zwinkerte.

»Hol deinen Kopf aus den Wolken, Junge, zurück auf die Erde, wohin er gehört«, sagte Dylong und wandte sich ab.

Als die Schicht zu Ende war, saßen sie müde und schmutzig an die Holzstützen gelehnt, und Dylong zog ein Päckchen Zigaretten heraus, schnippte sich eine in den Mund und gab Gracian ebenfalls eine, und da wusste der Junge, dass zwischen ihnen alles wieder gut war, denn zu der Zeit waren Zigaretten rationiert und schwer zu bekommen. Dylong und der Junge rauchten. Gracian blickte den älteren Mann an und sah, wie er mit traurigem Gesichtsausdruck dasaß, und da wusste er, dass er wieder an den Schwefel dachte. Dann sagte Dylong, was er am Ende jeder Schicht sagte:

»Vielleicht beim nächsten Mal, Galileo. Es gibt noch Hoffnung.«

Als er nach Hause kam, war Paweł nicht da, aber das Fenster oben war mit einer Reihe silberfarbener Holznägel zugenagelt worden. Gracian fuhr mit der Hand über ihre scharfkantigen Köpfe und warf einen Blick durch das Glas auf den Himmel.

»Das war Paweł«, sagte Franciszka, die ihn erblickte, als sie die Treppe hinaufkam. Ihre Stimme überraschte ihn. »Er sagte, wir müssten es gegen die Winterluft abdichten.«

Gracian aß gemeinsam mit seiner Schwester und seiner Mutter. Die Frauen sprachen über Antoni Dukai, den Sohn eines Sattlers im Dorf. Antoni Dukai war nur ein wenig älter als Gracian.

»Sie haben ihn von der Straße aufgegriffen, einfach so«, sagte Gracians Mutter. »Er trat um sich und schrie. Er versuchte ihnen zu sagen, dass er für seinen Vater arbeitet, aber sie hörten ihm gar nicht zu. Steckten ihn einfach in den nächsten Zug nach Österreich. Sagten, er würde dort bei der Feldarbeit gebraucht.«

Franciszka schüttelte den Kopf. »Wer weiß schon, was man glauben kann.« Sie bekreuzigte sich.

»Und weißt du, wer ihn gemeldet haben soll?«, fragte ihre Mutter. »Karl Holzmann. Dieser Bastard lebt hier schon so lange wie wir, und jetzt heißt es plötzlich, er ist wieder ein Deutscher.«

Sie öffnete die Spange in ihrem langen, aschgrauen Haar und schloss sie wieder. Ihr Gesicht wirkte erbittert.

»Sie schämen sich noch nicht mal mehr zu lügen. Erst haben sie uns erzählt, wenn wir die Deutschen unterstützten, sei es zu unserem Schutz. Jetzt sagen sie, es sei nur *rechtens*. Alles hat sich verändert«, sagte sie zu ihrem Teller.

Später ging Gracian in seine Kammer und blickte aus dem kleinen Fenster auf die Sterne, die im Dunst des späten Abends blinkten. Er sah sie an wie scheidende Freunde. Dann griff er unter sein Bett, suchte das Astronomiebuch hervor und betrachtete im Lampenlicht den Einband – blassrote Buchstaben auf cremefarbenem Grund.

Sein Bruder Paweł hatte ihm das Buch geschenkt, als er knapp elf Jahre alt war. Damals hatte Paweł Urlaub von der Armee. Er war mitten in der Nacht und noch in Uniform ins Zimmer gekommen, und seine Gestalt hatte sich dunkel in der Tür abgezeichnet, als er das Buch aufs Bett geworfen hatte. »Ein Geschenk«, hatte er gesagt. »Vielleicht hast du nun ein Steckenpferd.« Gracian hatte die ganze Nacht darin gelesen, so weit er das konnte. Zwar konnte er besser lesen als viele andere Kinder im Dorf, doch zahlreiche Wörter waren zu schwierig für ihn und ihm auch fremd. Doch zu seiner Überraschung hatte er in den dicht gedruckten Fakten und schematischen Darstellungen einen Raum für die Fantasie gefunden. Eine Möglichkeit zur Flucht.

Jetzt öffnete er die Seiten wie schon so viele Male zuvor und sah den Fluss, den Ofen, die Jagdhunde; *Eridanus, Fornax, Canes Venatici.* Den Löwen, den Wolf, das Kreuz des Südens; *Leo, Lupus, Crux*, doch ohne den unverhüllten Himmel über ihm schienen ihm die Worte ohne Ausdruckskraft und Bedeutung, wie Formen, die im Weiß verlöschten. Nur die Sterne selbst konnten ihnen Leben verleihen.

Er stand in der Dunkelheit an dem kleinen Fenster, als Paweł kurz vor der Ausgangssperre ins Zimmer kam. Gracian rührte sich nicht. Er spürte, dass Paweł ihn eine Zeit lang anblickte und dann schweigend Mantel und Stiefel auszog und sich aufs Bett legte. Die Brüder sprachen kein Wort. Eine ganze Weile äußerte oder regte sich keiner von ihnen. Dann sagte Paweł:

»Du kannst sie ja immer von hier aus sehen.«

Gracian blieb stehen, wo er war, und sah, dass sein Atem zwei stetig kleiner werdende Ovale aufs Glas malte.

»Das ist nicht dasselbe.«

Er lauschte dem Geräusch von Pawełs Atem und vom Wind, der durch den Holzapfelbaum peitschte und langsame, flache Wellen über das schwarze, grimmige Antlitz des Waldes dahinter schickte.

»Bitte versteh mich, Gracian«, sagte Paweł. »Jetzt ist alles anders. Draußen droht Gefahr und du bist zu jung dafür. Bitte, sei doch vernünftig.«

Schweigen, dann Worte.

»Aber für *dich* ist das in Ordnung?«, sagte der Junge.

»Gracian.« Pawełs Gesichtsausdruck war weich und flehend.

Aber er bekam keine Antwort.

Als Paweł dann sprach, war seine Stimme fest.

»Ich würde mich lieber hüten, Bruder«, sagte er. »Es gibt vieles hier in Polen, vor dem man sich hüten muss. Ich bleibe ein paar Tage bei den Malewskas, aber glaube ja nicht, damit wärst du aus dem Schneider. Ich habe ein Auge auf dich, Junge.«

Dann hörte Gracian, wie Pawełs Körper die Sprungfedern niederdrückte. Er zweifelte nicht an den Worten seines Bruders. Seine Augen schweiften wieder in die Ferne, und er stand dort, mit den Händen in den Taschen, während Paweł hinter ihm schlaflos ins Nichts starrte und der Wind unablässig blies.

Ein Monat verging, dann kam der Schnee.
Es war November im Jahr 1940. Vier Wochen lang hatte Gracian nicht riskieren können, den Himmel zu betrachten. Der Schnee klammerte sich an jede Oberfläche, die ihn hielt, und wurde vom Wind zu einer feinen Nebelfahne gezogen, und dann war für den alten Morek der Zeitpunkt gekommen, sich vor sein Haus zu setzen und seine traurigen Lieder in den Wintermorgen zu schicken. Niemand wusste, wie alt der alte Morek war, doch die Kinder wisperten einander zu, er sei über hundert oder gar zweihundert und könne gar nicht sterben. Sein lang gezogenes Gesicht war mit einem Labyrinth aus Falten versehen, so als wäre seine Haut ein See, der auf der Oberfläche die Auswirkungen eines ganzen Zeitalters von Stürmen zurückbehielt. Auch er hatte früher in dem Kohlenbergwerk gearbeitet.

Jeden Morgen, wenn der Schnee kam, setzte sich der alte Morek, den gebrechlichen Körper verborgen in einer dicken Schicht aus Mänteln und Umhängen aus Wolle, Pelz und abgewetztem Leder, eingehüllt in Tücher und Schals, Jacken und Pullover, auf die eingesunkene Schwelle seines Hauses. So gewärmt sang er ohne Begleitung für jeden, der ihm zuhörte, oder auch für niemanden, und zwar mit einer Stimme, die überraschend klar, tief und klangvoll war. Alte polnische Volksweisen, Klagelieder über den Lauf der Dinge, das Vergehen der Zeit, die Endlosigkeit der Arbeit und das Welken der Blumen.

Niemand störte die Darbietungen des alten Morek. Selbst die Schutzpolizei schien ihn als Teil der Landschaft hinzunehmen.

Jeden Morgen auf seinem Weg zur Zeche Richter grüßte Gracian den alten Mann mit einem Nicken, und der alte Mann erwiderte seinen Gruß mit einem Senken seines Kopfes, und der Klang seines Liedes erreichte den Jungen, während er vorbeiging, und verschmolz mit der Substanz eines Gefühlsquells in seinem Innern. Nicht Wut oder Enttäuschung hatte Gracian überkommen, sondern Schwermut. Weil Gracian aus Angst vor der Strafe seines Bruders nicht unter dem sterndurchstochenen Himmel liegen konnte, verlor die Welt für ihn Farbe und Form. Jeder Tag geriet zu derselben langsamen Abfolge undifferenzierter Formen und Handlungen. Wie ein Schiff bewegte er sich nach den Sternen. Ohne sie war er verloren.

In der Grube, tief unter der Erde, war es am schlimmsten. Er arbeitete mit Gerard Dylong und hörte nur mit halbem Ohr zu, wenn sein Partner die Theorien verbreitete, wo der Schwefel sich befände, oder wenn er Geschichten erzählte, wie das Dorf früher war, als er noch ein Kind war und Polen gar nicht existierte, als die Sprache seiner Vorfahren mündlich weitergegeben wurde, weil sie in Schulbüchern nicht zu finden war, als es nur Felder und Höfe gab, so weit das Auge blicken konnte. Dylong war der größte Geschichtenerzähler, dachte Gracian, den die Welt je gesehen hatte.

Manchmal glitzerte die Kohle wie ein gefrorener, schwarzer Ozean. Dann wieder stießen sie auf prähistorische Fossilien, die wie Dias auf dem Fels erschienen. Seltsame Tiere. Riesige Blätter mit Adern, wie Luftaufnahmen von allen Teilen Polens, die übereinander gelegt wurden.

Gracian arbeitete mit abwesendem, untätigem Geist und Muskeln, die sich wie auf einen unabhängigen Impuls hin bewegten, und die Arbeit war hart und wurde nicht weniger und versah ihn mit einem nicht zu entfernenden Schmutzfilm aus Kohlenstaub. Und als Gerard Dylong merkte, wie still und niedergedrückt der Junge war, wurde er barsch und verstockt und versuchte mehr als einmal, den Jungen zum Sprechen zu bringen, und wenn das misslang, dann schlug er ihn und zwang ihn, härter zu arbeiten, wobei er schrie: »Schlesien ist ein einziger Riesenklumpen Kohle, Junge! Irgendwo da drinnen ist der Schatz! Grab tiefer! Grab!« Und Gracian fiel nur noch tiefer in seinen Wachschlaf, bis die Schicht zu Ende war und die Aufzüge in den Tag hinauf strebten.

Im Dorf Maleńkowice kursierten natürlich auch Geschichten. Geschichten, die verschwiegen und nur in den intimsten Gesprächen und im Flüsterton verbreitet wurden. Geschichten, Legenden, Gerüchte: von weiteren Dorfbewohnern, die von der Straße oder aus ihren Häusern oder gar ihren Betten geholt und in Züge und Lastwagen mit dem Ziel Deutschland gesteckt wurden; von Männern, die geschlagen wurden, weil sie mit Vertretern von Behörden nicht deutsch sprechen wollten oder konnten; von Informanten und Gefälligkeiten und alten Freunden, die schweigsam und verbittert wurden; und von den Juden. Es hatte immer nur fünf oder sechs jüdische Familien in Maleńkowice gegeben, aber einen Monat vor der Invasion waren sie einfach verschwunden. Niemand wusste etwas über ihren Verbleib; einige behaupteten, sie hätten sich in Rumänien oder Ungarn niedergelassen, andere meinten, sie seien tot oder am helllichtenTag aufgegriffen worden. Viele aus den umliegenden Dörfern waren mitgenommen worden und mussten nun zusammengepfercht wie Vieh in einer Stadt im Osten leben, die Sosnowiec hieß. Und Gracian hatte von Dylong gehört, dass sechzig Kilometer von Katowice entfernt, in Oświęcim – von den Deutschen Auschwitz genannt –, ein Arbeitslager gebaut wurde.

Gracian hatte den Eindruck, dass die Geschichten wie eine Krankheit waren. Er hatte gesehen, wie sie das ganze Dorf infiziert hatten. Er hatte gesehen, wie sie seine Familie infiziert hatten und wie sich das Gesicht seiner Mutter daraufhin in etwas Graues, Angespanntes, Verschlossenes verwandelte. Wenn er jetzt nicht aufpasste, hob sie ihren Holzlöffel gegen ihn und befahl ihm, den Mund zu halten und vorsichtig zu sein, und Gracian antwortete, er hätte verstanden – obwohl er in Wahrheit nur wenig verstanden hatte. Es gab Tage, da spürte der Junge die Geschichten in der eisstarren Luft herumschwirren, geäußert nicht durch Stimmen, sondern durch heimliche Blickwechsel auf der Straße, Blicke voller Angst, Argwohn und Misstrauen, die zwischen Menschen hin- und hergingen, welche viele Jahre lang als Nachbarn zusammengelebt hatten. Tage, an denen Gracian dachte, die Luft würde zittern und klingen vom Druck der unausgesprochenen Geschichten und nur innehalten, wenn zu einer nicht bestimmbaren Tageszeit – auf Gracians Weg zur oder von der Arbeit vielleicht oder dann, wenn seine Mutter Lebensmittel kaufte – ein deutscher Lastwagen mit seiner düsteren, unsichtbaren Ladung über das Kopfsteinpflaster rumpelte und den Kohlenstaub aufwirbelte. Dann erstarrten die Umstehenden und beobachteten, wie er an ihnen vorüberfuhr und der Schnee dahinter aufspritzte, wie er immer weiter fuhr, unaufhaltsam, einem unbekannten Ziel entgegen.

Er hatte viel zu tun, und seine Mutter und Franciszka waren ständig beschäftigt, und so spürte Gracian zu seiner Überraschung, wie er sich nach der Gesellschaft seines Bruders sehnte. Er entdeckte, dass er darauf brannte, mit Paweł zu sprechen, ihm etwas mitzuteilen, das er selbst nicht genau bezeichnen konnte, und in den Worten seines Bruders Halt und Bindung zu finden. Aber Paweł war häufiger abwesend denn je. Er tauchte nur noch selten zu Hause auf und dann stritt er mit seiner Mutter und wurde danach still und schweigsam. Manchmal brachte er Anna Malewska mit ins Haus, und bei diesen Gelegenheiten spürte Gracian, wie seine Wangen heiß und rot wurden, wenn er sie anblickte und ihre Bewegungen verfolgte, und er wurde seltsam linkisch in seinem Verhalten und musste verschwinden, sich hastig in die Kühle seiner Kammer flüchten.

Die Essensrationen reichten nicht für sie. Selbst wenn sie sich äußerst zurückhielten, so hatten sie die Wochenration an Brot, Milch, Wurst und Eiern in drei Tagen aufgebraucht. »Wie sollen wir davon leben?«, sagte Gracians Mutter. »Mit einer Mutter, einem Baby, einem Familienvater und zwei starken jungen Männern, die satt werden wollen!« Trotz seiner üblichen Abwesenheit und der stetig wachsenden Spannung zwischen ihnen betrachtete sie Paweł immer noch als Familienmitglied. »Es ist unmöglich, sage ich. Unmöglich!«

Gracians Mutter war auf dem Land aufgewachsen, in einer Ansammlung von Gehöften, die als Dorf durchging und Pietraszowice hieß. Sie hatte dort noch immer viele Freunde. Auf dem Land, wo man von den Erträgen des Bodens lebte, gab es ein wenig mehr zu essen, aber die Bauern brauchten dringend anderes: Stoff, Küchengeräte, Nähnadeln. So begann Gracians Mutter ohne viel Aufhebens oder Gerede, ganz als wäre stillschweigend ein bindender Beschluss gefällt worden, ihren Geburtsort aufzusuchen.

Wenn Gracian Frühschicht hatte, begleitete er sie

nach der Arbeit. Gewappnet gegen die Kälte gingen sie durchs Dorf zum Bahnhof, seine Mutter in traditionellen, ländlichen Kleidern, mit langem Rock und schwerem Überkleid. Sie zeigten bewaffneten Wachen ihre Ausweise und standen auf dem Bahnsteig, wo Salz auf den Schnee gestreut wurde, um ihn in Schach zu halten, und warteten auf den Regionalzug. Schließlich kam er, ein schwarzer Bote von Lärm und Dampf, und blieb vor ihnen im Leerlauf stehen. Bis zu ihrem Ziel waren es fünfundsechzig Kilometer. Die Fahrt dauerte eine Stunde und fünfunddreißig Minuten. Gracian saß mit den Händen im Schoß da und sah zu, wie das stumpffarbene Gesträuch an den Schienen rasch flachem, offenem Land wich, auf dem sich der Schnee hoch, dicht und unberührt ausbreitete und nur vom Horizont aufgehalten wurde, ganz so, als würde er durch das graue Gewicht der tief hängenden Wolken abgetrennt. Am Bahnhof Pawonków stiegen sie aus.

Von dort aus waren es noch eineinhalb Kilometer Fußmarsch bis nach Pietraszowice. Mit ihren Füßen drückten sie den Schnee nieder und gingen auf zugeschneiten Wegen, die nicht aus Kopfsteinpflaster, sondern aus festgeklopftem Lehm bestanden, und wenn es schwieriger wurde, fasste der Junge seine Mutter am Arm. Während sie gingen, blickte Gracian auf die schneeweißen Anhöhen um ihn herum und erinnerte sich an die Zeit, als er als Kind den Holzschlitten, den sein Vater gemacht hatte, genommen und den Tag damit verbracht hatte, die sanften Hügel hinunterzufahren. An eine Zeit, die jetzt vergangen war. Er war fünfzehn Jahre alt. Das war kein Alter, um Schlitten zu fahren oder sich über den Schnee zu freuen.

Als sie den Weiler erreichten, steuerten sie sofort die Wärme des ersten Hauses an, das Jan Piowczyk und seiner Frau sowie den fünf Kindern gehörte, und dann gingen sie zu den anderen. Sie wurden herzlich aufgenommen, aber ihre Gastgeber schienen immer müde zu sein, und bei den Verhandlungen herrschte geschäftsmäßige Zurückhaltung. Nachdem Gracians Mutter Komplimente ausgetauscht hatte, zog sie ein Stoffbündel aus ihrem Überkleid, legte es auf den Tisch und öffnete es, um seinen Inhalt zu enthüllen. Gracian bemerkte, dass ihre Bewegungen dabei so behutsam und überlegt waren wie die eines Arztes. Dann holte der Gastgeber Nahrungsmittel: geräucherten Schinken, vielerlei Fleisch, Eier und Milch, und stellte sie zu den Waren seiner Mutter.

Nach dem Geschäft wurde nie lange verweilt.

»Ich habe viel Glück«, sagte seine Mutter dann. »Glück, alte Freunde wie euch zu haben. Gott hat es gut mit mir gemeint.«

»Wir haben auch Glück. Wir wissen, dass wir dir vertrauen können. Alles ist schwierig, jetzt, da die Felder unter dem Schnee begraben sind«, antworteten sie.

Gracians Mutter war eine dünne, ja knochige Frau mit flacher Brust und mageren Hüften. Aber jedes

Mal, wenn sie aus Pietraszowice zurückkehrten, war sie dick, drall und strotzend vor Gesundheit. Sie hatte ins Futter ihres Rocks und ihres Überkleides körpergerecht geformte Taschen genäht, und in diese Taschen stopfte sie die Nahrungsmittel, welche sich dann eng an ihre Unterwäsche schmiegten. So wurde sie zu einer wandelnden Vorratskammer. Ihr Busen bestand aus zwei Prachtstücken Schinken, ihr Bauch wölbte sich von einem versiegelten Krug mit Milch und anderen Molkereiprodukten, ihre Arme rundeten sich verlockend durch die Wurstkränze, und ihre Wangen waren vom Gewicht all dieser Dinge gerötet. So verwandelt hielt sie sich auf dem Rückweg, während sie durch den Schneematsch watschelte, immer dicht bei ihrem Sohn, damit Gracian stets das Verrutschen ihres Ballasts korrigieren konnte, bis sie Pawonków erreichten. Seine Aufgabe an beiden Bahnhöfen bestand darin, sie stets an den Wachen vorbeizumanövrieren, die sie möglicherweise auf der Herfahrt bemerkt haben konnten, und darin, sich um seine vorwärts schwankende Mutter zu kümmern, als wäre sie schwanger oder altersschwach. Wenn sie dann zurück im Dorf waren, nahmen sie nicht die Hauptstraße zu ihrem Haus, sondern eilten in einem umständlichen Bogen durch Seitengassen, sodass sie zweimal länger als üblich brauchten, um nach Haus zu kommen. Doch so behielten sie ihre Lebensmittel.

Zweimal wurden sie erwischt. Das erste Mal in Maleńkowice, das zweite Mal in Pawonków.

In Maleńkowice von einem jungen, großen Wachposten, dessen vorspringender Unterkiefer von braunen Bartstoppeln überzogen war. Er wollte stichprobenartig eine Durchsuchung vornehmen.

»Halt, alte Frau«, sagte er auf Deutsch, als sie an ihm vorbeiwollten, »warten Sie hier.«

Gracian wurde flau im Magen. Er spürte, wie er eine Gänsehaut bekam. Bevor einer von ihnen reagieren konnte, hatte die Wache ihr Gewehr aufgerichtet und auf den Rücken geschnallt und machte sich anheischig, die Mutter zu durchsuchen. Wie vor den Kopf gestoßen, schlug sie seine Hand beiseite. Sie konnte Deutsch, genau wie Gracian. »Wie können Sie es wagen«, rief sie. »Wie können Sie es wagen, mich anzufassen! Eine alte Frau mit kaputtem Rücken und Wasser in den Beinen!« Der Soldat zeigte ein angespanntes Lächeln, seine Augen flackerten. »Halten Sie still«, sagte er. »Los, gute Frau.«

Da fing sie an, seine Hände beiseite zu fegen, um sich zu schlagen und sich heftig zu wehren. »Ich kann es nicht glauben!« Ihre Stimme war laut, fast schrie sie. »Missbrauch! Missbrauch! Sie wollen eine alte Jungfer missbrauchen, die ihren Sohn benötigt, um sie zu stützen! Skandal!«

Gracian konnte sich nicht bewegen. Der Soldat begann heftig zu zwinkern. Sein Gesicht wurde rot, als hätte er einen Ausschlag. »Halten Sie *still*!«, sagte er.

»Skandalös! Pervers!«, schrie sie weiter. »Vergewaltigung! Das ist Vergewaltigung! Hier wird eine alte Frau vergewaltigt! Dieser Mann hier ist ein Perverser!«

Sie verursachten einen Menschenauflauf. Hinter und neben ihnen drängten sich die Leute, murrten, starrten und gingen vorbei. Der nächste Zug lief donnernd am Bahnsteig ein, den Rauch wie eine Fahne hinter sich herziehend. Weiter unten am Bahnsteig waren zwei andere Wachen durch den Lärm aufmerksam geworden, und der Näherstehende schnippte einen Zigarettenstummel auf die Schienen und ging langsam auf sie zu. Der junge Soldat blickte unruhig zu ihm hinüber. Gracians Mutter schrie weiter.

»Missbrauch! Hilfe!«

»Gut!«, sagte die Wache plötzlich. »Los! Verschwinde! Geh schon, du verrückte alte Vettel! Los!«

Sie gingen.

Aber es war das zweite Mal, die Chance, die ihnen niemals hätte zugestanden werden dürfen, was Gracian nicht vergessen konnte. Es kam ihm oft in den Kopf, verwirrte, beunruhigte ihn.

Es geschah am Bahnhof von Pawonków. An einem Nachmittag, der noch geschäftiger war als sonst. Eine kleine, dicht gedrängte Menschenmenge, die auf den Zug wartete und sich durch die Passkontrolle drängte. Gracian staunte über die vielen Menschen, über das Gedränge der Leute und bemerkte nicht die Wache, die in einiger Entfernung vom Kontrollpunkt wartete. Es war die Wache, die sie hatte ankommen sehen. Der Junge führte seine Mutter geradewegs auf sie zu. Dieser Soldat war älter, gedrungen und ungepflegt. Kaum hatte er den Jungen und die Frau entdeckt, hob er sein Gewehr und hielt Gracians Mutter abrupt auf, indem er ihr die Mündung gegen die Brust drückte.

Ein winziges Geräusch, eine Art Keuchen, entfuhr ihrer Kehle. Als Gracian sie so sah, spürte er die Erkenntnis wie eine Messerklinge an seiner Kehle. Jetzt!, dachte er. Jetzt ist es passiert!

Der Wachposten musterte sie beide von oben bis unten. Er hielt das Gewehr mit einer Hand gegen die Frau gedrückt und zog mit der anderen aus der oberen Jackentasche eine Zigarette und ein Feuerzeug. Er zündete die Zigarette an und eine Rauchwolke kräuselte sich aus seinem Mund.

»Ein bisschen zugenommen, oder?«, sagte er auf Deutsch durch den Qualm. »Muss an der Landluft liegen. Stimmt doch, oder?«

Gracians Mutter öffnete den Mund und schloss ihn wieder. Gracian bemerkte, dass sie zitterte.

»Oder vielleicht ist ein Braten in der Röhre. Einfach so. *Peng!* Und schon ist der Sprössling da!« Er lachte einmal kurz auf, in einem abgehackten Keuchen.

Dann trat Stille ein.

»Der Junge gehört nicht zu mir«, sagte Gracians Mutter leise. Und dann: »Was werden Sie tun?«

Der Wachposten sah sie beide an. Sein Blick war hart, prüfend.

»Verpassen Sie Ihren Zug nicht«, sagte er dann fast beiläufig und senkte das Gewehr.

Gracians Mutter starrte den Soldaten an. Dann bewegte sie sich langsam nach links, die Augen immer noch auf ihn gerichtet. Sie packte Gracian am Ärmelaufschlag, zog ihn mit sich, lief los und rannte schließlich Richtung Bahnsteig. Nur Gracian warf einen Blick zurück auf die Wache.

Der Blick. Eine dünne, stromgeladene Verbindung wie ein Kabel zwischen ihnen, das direkt darauf in den Rauchkringeln verschwand.

»Warum hat er uns nicht verhaftet, Mutter?«, fragte er atemlos.

Sie warf ihm einen Blick zu. Auf ihrer Stirn war Schweiß zu sehen. »*Darum*, Junge. Frag nicht so dumm«, sagte sie und eilte weiter.

In der Woche darauf unternahmen sie dieselbe Fahrt. Die Wache war nirgendwo zu sehen.

Und so war es. Der Schnee hatte alle Spuren des Sommers ausgelöscht. Die gelbe Luft der heißen Monate, den blühenden Wald, die sattgrünen Weiden; all das war nun so unvertraut wie die Sätze einer toten Sprache.

Jede Nacht stand Gracian an seinem Fenster und blickte hinauf auf das, was er verloren hatte.

Die Tage vergingen: der Lauf der Dinge, das Welken der Blumen.

In diesem Monat hatte Gracian eines Nachts einen Traum. Er träumte, er läge wieder an seinem Aussichtspunkt auf der Erde im Gras, doch hätte er das

Vergrößerungsglas vergessen. Er stöberte eine Zeit lang in seinen Taschen, gab schließlich auf und legte sich mit ausgestreckten Armen hin. Dann ruhten seine Augen, wie so oft, auf dem hellsten Stern, dem Polarstern. In dieser Nacht schien er noch strahlender als je zuvor. Er pulsierte und vibrierte, und sein Licht war so weiß und rein, wie Gracian es nie für möglich gehalten hätte, und sein Strahlen war wie ein Hauch vom mächtigen Atem einer Lichtgestalt.

Enttäuscht, dass er den Stern nicht durch das konvexe Glas beobachten konnte, blickte Gracian mit zusammengekniffenen Augen zu ihm auf und bündelte seine Konzentration an der Stirnseite seines Kopfes, sodass er den dumpfen Druck hinter den Augenhöhlen spürte. Und während er zu dem Stern aufblickte, wurde dieser größer. Er starrte ihn aufmerksamer an und der Stern wurde noch größer. Er wurde größer und immer größer, bis Gracian seine blaue Aura sehen konnte, die wie eine Gasflamme die schneeweiße Kugel umspielte. Denn er wuchs nicht nur, er kam näher.

Und jetzt drückte der Stern gegen das Dach des Waldes und bildete geräuschlos die helle Rundung eines neuen Horizonts. Und kam näher, ganz leise. Bis er die fernen Baumspitzen beugte, sie brach, als würde er sie entzünden, und seine Mitte nur noch einen Fuß weit von Gracians nach hinten geneigtem Kopf entfernt war. Gracian hielt inne und streckte dann die Hand aus, um ihn zu berühren. Seine dünne, blaue Atmosphäre erzeugte eine sanfte Brise, die über seine Haut strich. Die Oberfläche war fest und doch nachgiebig, wie Gummi. Die Brise zauste sein Haar und das Licht wurde sanfter und schwand. Gracian hatte keine Angst.

Dann bemerkte er, dass eine Reihe weißer Sprossen aus dem Stern hervorragten. Und als sich seine Augen an das Magnesiumweiß gewöhnt hatten, sah er noch mehr Sprossen, die sich hintereinander um die Krümmung des Sterns reihten bis hoch zum kaum sichtbaren Kamm. Er griff nach einer, schloss seine Hand darum und fühlte, wie er gehoben, gezogen wurde, und seine Beine schwebten unter ihm in die Höhe, und seine Füße landeten auf einer anderen Sprosse, und so hing er kopfüber über der Erde.

Ohne große Mühe begann er zu klettern. Die blaue Brise umgab ihn. Er kletterte und fühlte sich ruhig und geborgen und war glücklich. Er kletterte eine kurze Strecke die Krümmung hinauf, und dann spürte er, wie der große Stern erzitterte und das Holz raschelte und knackte und der Stern sich wieder in die Lüfte erhob.

Er stieg höher und höher über den Wald und Gracian kletterte weiter und blickte nach unten, wo er nun ganz Maleńkowice unter sich sehen konnte: die Felder; die sich gabelnden Straßen und die Häuser einschließlich seines Elternhauses; den grauen Komplex der Minen. Und Gracian kletterte weiter, und der Stern stieg, bis er ganz oben war, bis seine Fußgelenke vom fahlblauen Schatten gestreichelt wurden und das Dorf nur noch ein Zeichen bildete, das in die Landschaft gekritzelt worden war.

Gracian blickte sich um. Da waren noch viele andere Sterne, die in der undurchdringlichen schwarzen Nacht hingen, eine ganze Galaxie. Als Gracian sie sah, fühlte er, wie Wärme sich wellenartig in ihm ausbreitete. Er ging auf der Oberfläche des Sterns umher, betrachtete mit zurückgelegtem Kopf das Panorama und bemerkte dann, dass eine Gruppe Sterne zu seiner Rechten sich zu bewegen schien. Als er genauer hinsah, glitten die Sterne aus ihrer Position, stießen einander an, glitten aneinander vorbei und reihten sich in ständig neuen Anordnungen auf. Bis Gracian erkannte, dass sie sich in Lichtkonstellationen vor dem schwarzen Hintergrund formierten. Buchstaben. Wörter. Es war eine Himmelsschrift.

Sieh genauer hin,

las er.

Und Gracian spürte eine Verschiebung, eine Veränderung, drehte sich um und sah Paweł nur ein paar Meter von ihm entfernt, und Anna Malewska war auch da. Er blickte sie eine Zeit lang genauer an und dann ging Anna einen Schritt von Paweł weg auf ihn zu. Ihre Augen waren dunkel und unergründlich, und ihr Haar streichelte ihr Gesicht, und ihre Lippen teilten sich zu einem unvergleichlichen Lächeln. Sie hob eine Hand und winkte ihm zu, einmal.

Gracian wandte sich zu der Stelle, wo die Buchstaben gestanden hatten, doch die Sterne hatten sich bewegt und bildeten nun eine endlose Reihe von Sternensprossen, die sich in die ferne Leere erstreckten, und der nächste Stern war Gracian so nah, dass er mit nur wenigen Schritten in seine Mitte treten konnte.

Er drehte sich um, und nun standen bei Paweł und Anna Malewska sein Vater und Gerard Dylong, und beide blickten mit unendlichem Verständnis zu ihm. Und da Gracian nicht wusste, wohin er sich wenden sollte – zum Verständnis in diesen Gesichtern oder zum Rätsel der Sterne –, schloss er die Augen, hielt den Atem an und wandte sich in einer spontanen Bewegung von Paweł, Anna Malewska, seinem Vater und Gerard Dylong ab und sprang vorwärts in die Nacht, und dann fiel er, und die Sterne waren verschwunden, und die Nacht war nur noch ein Wirbel aus harter Kohle, und während er fiel, schrammte er seine Hände daran, in dem Regen aus bröckligem Schwarz, der sein Gesicht verrußte, und seine Füße strampelten, um Halt zu finden, doch es ging nirgendwo hin, nur kopfüber in den Krampf seiner Brust und das Aufschnellen seiner Augen in den Morgen.

Paweł war zu Haus. Als Gracian von der Zeche heimkam, saß er zusammengesunken unter der nackten Birne in der Küche und hatte seine Stiefel auf einem Stuhl abgelegt. Er klopfte mit den unversehrten Fingern seiner verstümmelten Hand auf die Tischplatte, strich mehrmals rasch darüber und klopfte dann wieder. Mit gesenktem, umschattetem Gesicht hörte er seiner Mutter zu. Sie stand am gegenüberliegenden Ende des Tisches und stützte sich mit gebeugtem Rücken und beiden Händen darauf und stieß mit ihrem Kinn, während sie sprach, immer wieder zu Paweł. Gracian betrachtete sie von der Tür aus, glitt dann in die Wärme des Zimmers und zog Mantel und Mütze aus, sodass die Schneeflocken hinunterfielen und auf dem Dielenboden ihren kurzen, nassen Tod starben. Niemand beachtete ihn.

»So geht es nicht weiter, Paweł«, sagte seine Mutter. »Es ist nicht genug für alle da. Heute Morgen haben sie die Tiere mitgenommen. Das Schwein, die Hühner. Weg. Es muss etwas –«

»Mutter, ich hab's dir doch schon gesagt«, sagte Paweł.

Plötzlich hob sie in einer schroffen Bewegung ihren Arm und brachte Paweł mit ausgestrecktem Zeigefinger zum Schweigen. Ein glänzender Schatten fiel über den Tisch und blieb dort.

Die Tür ging auf. Józef Kukła, Franciszkas Mann, kam ins Zimmer. Er war ein großer, wortkarger Mann mit einem Gesicht, das wie gemeißelt wirkte. Er war auch ein reizbarer Mann, der dazu neigte, sich in Raserei hineinzusteigern. Schon viele Male hatte Gracian gehört, wie Streitgespräche mit Franciszka durchs Haus hallten.

Er klopfte seine Pfeife aus, drückte Tabak hinein und spielte damit in der Hand. Er mochte Paweł nicht. Wenn der Jüngere nicht da war, hatte Kukła schon oft seinen Namen verflucht.

Jetzt ging er zur Spüle, ließ etwas Wasser fließen, blieb stehen und betrachtete die beiden mit der Pfeife in seiner Hand. Er lächelte in einer Weise, die klar machte, dass er bleiben würde.

»Geh, Józef. Bitte«, sagte Gracians Mutter.

Kukła hob die Pfeife, steckte sie sich behutsam zwischen die Lippen, zündete sie an und paffte. Er blickte Paweł an und Paweł ignorierte ihn.

»Mutter«, sprach Paweł ruhig, friedlich, »niemand wird mich einstellen. Nicht wegen meiner Hand oder meiner Gesundheit. Sondern weil ich in der polnischen Armee war. Und weil ich hier ein Außenseiter bin und immer war. Es ist nicht der rechte Zeitpunkt, Außenseitern zu trauen, denken sie. Es ist nicht der rechte Zeitpunkt, überhaupt jemandem zu trauen.«

»Aber es ist zu *viel*«, sagte sie und wurde lauter. »Hast du es denn *versucht*? Kannst du mir wenigstens das sagen? Hast du es in all dieser Zeit wenigstens ernsthaft gesucht?«

Die Frage breitete sich über den Tisch aus und verblasste. Der Augenblick für Paweł, zu antworten, kam und ging wieder. Er blickte auf die Spitzen seiner Stiefel, hob eine Hand und strich sich damit über das Kinn. An der Tür spürte Gracian ein innerliches Ziehen, eine Beklommenheit.

»Warum muss es immer auf deine Weise gehen, Mutter? Auf deine Weise oder gar nicht«, sagte Paweł schließlich.

»Er ist ein Faulpelz. Ein fauler Nichtsnutz«, sagte Józef Kukła auf einmal und störte mit seiner lauten Stimme das Gleichgewicht im Raum.

»Still, Józef«, sagte ihre Mutter leise und blickte nun auf die gespreizten Finger ihrer Hand. »Geh jetzt. Das ist etwas zwischen meinem Sohn und mir.«

Paweł hob den Kopf, dass die Schatten auf seinem Gesicht nach unten glitten, und sprach.

»Mutter, du kannst mein Leben jetzt nicht verstehen. Meine Weise zu leben. Die Entscheidungen, die ich getroffen habe. Es sind Entscheidungen getroffen worden, Mutter, nicht nur von mir –«

»Ja«, sagte Józef Kukła. »Du hast die Entscheidung getroffen, wie ein Hund herumzufaulenzen. Du hast die Entscheidung getroffen, deine Mutter und deine Schwester zu belasten, deine ganze Familie in Gefahr zu bringen. Nein, ich gehe nicht. Es ist Zeit, dass du dich anständig benimmst, so wie ein Mann.«

Kukłas Augen waren geschmolzenes Braun. Die Pfeife zitterte in seiner Hand und der Rauchfaden faserte sich wirbelnd auf.

Paweł setzte sich langsam auf, als würde sich jeweils nur ein Muskel bewegen. Er zog die Stiefel vom Stuhl und stellte sie auf den Dielenboden.

Gracian an der Tür konnte sich nicht bewegen und spürte, dass er am Rande eines tiefen Abgrunds stand. Er konnte sich nicht bewegen, er konnte sich nicht bewegen.

Ein Geräusch wie ein Schluchzen entfuhr ihrer Mutter. »Paweł!«, sagte sie. »Warum siehst du es denn nicht? Wir alle haben Angst! Warum willst du sterben?«

»Aber du schmuggelst Essen!«, rief Paweł und stand mit geballten Fäusten auf.

»*Du* wirfst mir vor, dass ich schmuggle?«, sagte sie spottend, mit schräg gelegtem Kopf und weit aufgerissenen Augen. »Ich tue es aus Notwendigkeit! Notwendigkeit! Um meine Kinder zu ernähren!«

»Erzähl mir nichts von Notwendigkeit!«

Sie schlug sich die Hände vors Gesicht.

»Ich habe deinen Vater verloren, warum warst du schon immer so darauf erpicht, dass ich auch noch einen Sohn verliere?«

»Meinen Vater?«, sagte Paweł. »*Krankheit* hat meinen Vater getötet. Das Dorf hat meinen Vater getötet. Der Kohlenstaub in der Luft hat meinen Vater getötet. Ihn von innen aufgefressen. Ich *weiß*, was ihn getötet hat, Mutter. Am Ende wird es uns alle töten.«

»Jetzt reicht's!« Józef Kukła trat einen Schritt vor und richtete die Pfeife, die unter seinen weißen Fingerknöcheln plötzlich lächerlich, wie ein Spielzeug, wirkte, auf Paweł. Und dann drehte sich Paweł endlich um, blickte ihn endlich an, und obwohl er nicht so groß war wie Kukła, war er doch stärker, und er riss den Arm zurück und trieb ihn in Kukłas Magen. Kukła keuchte, stellte ein Bein nach hinten aus, um das Gleichgewicht zu halten, und Paweł umrundete ihn und versetzte ihm einen weiteren Schlag, doch Kukła warf schnell seine Arme um Pawełs Taille und packte fest zu, seine rote Wange drückte gegen Pawełs Magen, so zwang er ihn vier oder fünf Schritte zurück und knallte ihn hart gegen die Wand, und die nackte Glühbirne schaukelte wild und warf Schatten um sich. Paweł zwinkerte mehrmals rasch und keuchte, doch riss er kraftvoll sein Knie hoch, und Kukła lockerte seinen Griff, und Paweł versetzte ihm einen Schlag genau ins Gesicht, und dann war Blut auf Kukłas Lippen zu sehen. Plötzlich lagen beide Männer auf den Holzdielen und rangen miteinander, und keine Wörter, nur noch Geräusche ertönten im aufwirbelnden Staub.

Kukła hatte seine Pfeife fallen lassen. Gracian beobachtete sie. Der Tabak brannte noch. Der Rauch warf einen Schatten. Er konnte ihn riechen.

Und dann schrie seine Mutter, nicht Worte, sondern nur Laute – »*Haaa! Haaa!*« –, und tänzelte um sie herum, wedelte mit den Händen, berührte die Männer immer wieder kurz mit den Fingern und zog sie abrupt zurück, so als wären die beiden eine einzige flüssige Masse geworden, und dann flog wieder die Tür auf, und Franciszka stürzte mit weit aufgerissenen Augen und ungläubigem Blick herein, das jammernde, schreiende Baby mit seinem winzigen, hochroten, zerknitterten Gesicht auf dem Arm, und Franciszka setzte es auf der Tischplatte ab und eilte ihrer Mutter zu Hilfe. Und schließlich wurde Paweł, der außer Atem war und mit pochenden Adern am Hals vor sich hin keuchte, vom Boden hochgezogen, und Kukła hatte die Hände aufs Gesicht gelegt und rollte sich über den Boden, und Paweł klebte das Haar an der Stirn, und er hatte kein Blut im Gesicht, nur dunkelrote Flecken. Und seine Mutter brüllte:

»Raus! Raus! Raus! Raus! Raus! Raus hier! *Haaa! Du bist in diesem Haus nicht mehr willkommen!*«

Paweł zog die Nase hoch, wischte sich die feuchten Haarsträhnen aus dem Gesicht und schnappte sich Mantel und Mütze. Ohne ein Wort ging er am Tisch vorbei durch den Raum, auf die Tür zu. Gracian sah er nicht an. Er öffnete die Tür zu einem Rechteck aus gefrorenem Weiß. Draußen fiel immer noch der Schnee und er trat hinaus. Gracian folgte der Bewegung seines Bruders und wandte sich um, um seinen Rücken zu betrachten. Er spürte Verzweiflung. Er spürte sie wie eine Kerzenflamme, die an seinen Füßen leckte und dann aufstieg, um seinen Körper zu entzünden, bis ihm die Augen stachen und sein Herz brannte und ein erstickender Druck in der Kehle ihn dazu trieb, keuchend nach Luft zu schnappen, ein Keuchen, das ihn lähmte und ihn in der Taille einknicken ließ:

»Paweł!«

Auf seinem Weg durch den Schnee hielt Paweł inne, er blieb stehen, drehte sich um und blickte Gracian an. Einen kurzen Augenblick stand er dort und hob eine Hand zum Gruß. Dann wandte er sich wieder dem öden, weißen Nachmittag zu und war fort, und Gracian hatte plötzlich und ohne Vorwarnung das Gefühl, er würde seinen Bruder nie wiedersehen.

Später, als Franciszka versuchte, Józef Kukła zu verarzten, der nicht aufhörte zu fluchen, stand Gracians Mutter von ihrem Platz auf, kam hinüber zu Gracian, sah ihrem Sohn in die Augen, umarmte ihn und wollte ihn nicht mehr loslassen.

»Geheimnisse, immer nur Geheimnisse«, sagte sie mit so leiser Stimme an seinem Ohr, dass es fast ein Flüstern war. Dann blickte sie ihrem Sohn erneut fest ins Gesicht und sprach: »Du hast doch keine Geheimnisse vor mir, Gracian? Nicht wie dein unbesonnener Bruder. Du würdest doch keine Geheimnisse vor mir haben? Zumindest keine großen, oder?«

Und Gracian wehrte sich nicht, sondern dachte, es sei das Beste, sich der Umarmung seiner Mutter zu überlassen, schüttelte den Kopf und ruhte mit seiner Wange auf der Mulde ihrer Schulter, die nun ein wenig zitterte. Und erinnerte sich.

Elf Jahre alt. Die schwarze Gestalt eines Mannes in der gelben Türöffnung. *Vielleicht hast du nun ein Steckenpferd*, das Buch, das von seiner Hand hinab auf die Matratze geschleudert wurde.

Sein Sternbild waren die Zwillinge. WSTĘP DO ASTRONOMII hatte es ihm gezeigt; fünfzehn Sterne bildeten den Hauptkörper und die beiden größten in der Anordnung stellten die Köpfe der beiden Brüder dar. Sie hießen Castor und Pollux. Sie entstammten einem Ei, denn ihre Mutter war ein Schwan; doch hatten sie verschiedene Väter. Es hieß, Pollux sei der Sohn eines Gottes und somit unsterblich gewesen, Castor aber sei menschlich gewesen und habe sterben können. Zu Lebzeiten war Castor ein berühmter Reiter und Pollux gewann viele Schlachten. Die Brüder hatten zusammen Macht über das Meer und die Winde. Als Castor von seinem Vetter getötet wurde, flehte Pollux die Götter an, ihn mit seinem Bruder sterben zu lassen, denn in seinem Herzen hatte er nur die unendliche Liebe zu seinem Bruder. Und die Götter erhörten sein Flehen, sodass die Zwillinge schließlich mit aufgerichteten Speeren in ihren Händen am Himmel verewigt wurden.

Fünfzehn Sterne. Es war Gracian wundersam erschienen, wie etwas so Einfaches eine solche Geschichte hervorbringen konnte. Das war das Wunderbare daran – aus Lichtpunkten konnten sich ganze Schicksale entwickeln.

Eine Woche verging ohne ein Zeichen von Paweł. Niemand im Haus sprach über den Streit. Einzig die blauen Flecken in Józef Kukłas Gesicht zeugten davon und auch die heilten.

Im Dorf hielt der alte Morek unbeirrt seine Winterwache, seine Mützen und Umhänge waren inzwischen eine Livree aus Schneeflocken. Er hatte angefangen, ein neues Lied zu singen, ein Lied, das Gracian noch nie zuvor gehört hatte. Es schwang und tönte unaufhörlich durch den scharfen Wind. Und handelte von Menschen, die in den Bergen lebten.

Góralu, czy ci nie żal,
odchodzić od stron ojczystych,
świerkowych lasów i hal,
i tych potoków srebrzystych?
Góralu! Czy ci nie żal,
Góralu! wracaj do hal.

Bergbewohner, tut's dir nicht Leid
deine Heimat zu verlassen,
die Kiefernwälder und die Wiesen,

die silbernen Bergflüsse?
Bergbewohner! Tut's dir nicht Leid?
Bergbewohner! Kehr um zu deinen grünen Wiesen.

Gracian arbeitete jeden Tag von sechs Uhr morgens bis zwei Uhr mittags im Bergwerk, siebeneinhalb Stunden mit einer halben Stunde Pause. Er verlor sich in der Arbeit. Mit Gerard Dylong konnte er acht oder neun Waggons über der täglichen Quote von zwanzig Waggons beladen. Freie Tage gab es nicht.

»Schön, schön, Galileo«, sagte Dylong hin und wieder, wenn er sah, wie der Junge mit offenbar endloser Ausdauer arbeitete. »Wirst du doch endlich ein Mann?«

Ständig erzählte ihm Dylong sinn- und zusammenhanglose Geschichten über das alte Schlesien. Ständig gruben sie vergebens nach Schwefel. Ständig rauchten sie am Ende der Schicht eine Zigarette zusammen. Für Gracian gab es nur dieses tägliche Ritual.

Am Ende der Woche ging Gracian nach der Arbeit hinaus in den Tag und überquerte den Hof, den einige Männer schnell durchschritten, andere aber noch für ein Pläuschchen in der Kälte nutzten. Sein Körper schmerzte von der Arbeit. Während er lief, blickte er mit leerem Kopf auf die Füße. In seiner rechten Hand hielt er die Karbidlampe, die er immer mit nach Hause nahm. Er spürte den Kohlenstaub, der trotz der Dusche wie Schweiß an ihm klebte. Er spürte die Härte seiner Arme und Schultern, die Anspannung seiner Sehnen. Als er sich dem Maschendrahtzaun näherte, der das Gelände begrenzte, blickte er auf.

Unter dem ramponierten Metallschild mit der Aufschrift RICHTER stand Paweł. Er lehnte am Rand des Tors, hatte die Hände in die Manteltaschen vergraben, seine Mütze tief ins Gesicht gezogen, und sein Atem leuchtete weiß in der kalten Luft. Gracian blieb stehen, kniff die Augen zusammen, zählte bis fünf, öffnete sie wieder und sah vor sich immer noch Paweł, der im blendenden Licht des Winters stand.

»Hallo, Gracian«, sagte Paweł.

Gracian grüßte mit einer kurzen Bewegung seiner Hand. Er blickte seinen Bruder an. Auf seiner Wange war eine Schwellung.

»Wie geht es Mutter?«, fragte Paweł.

Wieder bewegte er nur kurz die Hand. Er fand keine Worte.

Paweł räusperte sich, blickte mit zusammengekniffenen Augen über Gracians Kopf hinweg in den Himmel und dann auf den Boden.

»Verfluchte Kälte«, sagte er mehr zu sich selbst. Dann sah er Gracian an.

»In der Zeche Osok gibt es Arbeit. In zwei Tagen spreche ich mit dem Vorarbeiter. Ich brauche jemanden, der Deutsch spricht. Zum Übersetzen«, sagte er.

Wie viele andere der Dorfbewohner, die in der Anfangszeit polnischer Unabhängigkeit geboren worden waren, hatte Paweł nie Deutsch gelernt. Gracian hatte das meiste von seiner Mutter übernommen, aber Paweł gehörte nicht zu denen, die sich lange die Belehrungen von anderen anhören.

Gracian sah Paweł immer noch an. Er betrachtete prüfend sein Gesicht und entdeckte etwas Fremdes darin. Schließlich sprach er.

»Ich komme«, sagte er.

Es war Dezember im Jahr 1940.

Es schneite unablässig.

Zwei Tage später ging Gracian nach Schichtende zur Wohnung der Malewskas. Sie gehörte der Bergbaugesellschaft. Die Wohnung war klein und dunkel. Die Wände waren grün vom feuchten Putz.

Als er dort ankam, traf er nur Anna. Ihre Stimme befahl ihm, hereinzukommen, und er stieß die Tür auf und sah, dass sie mit dem Rücken zu ihm im Türrahmen der winzigen Küche stand. Sie machte sich dort zu schaffen; vielleicht trocknete sie Geschirr ab. Ihr seidig schwarzes Haar war mit einem roten Stück Stoff zurückgebunden.

»Setz dich, Gracian«, sagte sie, ohne sich umzudrehen.

Gracian nahm seine Mütze ab und setzte sich auf einen der hölzernen Stühle. In Annas unaufdringlicher Gegenwart war er sich der Einzelheiten seines Körpers sehr bewusst; der Größe seiner Hände, der Gesten seiner Arme, der schweren, mechanischen Bewegungen seiner Beine. Und wieder spürte er die Hitze, die ihm in Wangen und Schläfen stieg.

Er saß ganz still und starrte auf den verfilzten Pelz seiner Mütze.

Anna kam nun mit einem Becher Kaffee und sagte: »Du musst müde sein.« Er griff nach dem Becher und nahm ihn mit gesenktem Blick, spürte die Kühle ihrer Finger. Er nahm einen Schluck. Zwischen dem Saum ihres langen Rocks und dem Rand ihrer ledernen Hausschuhe konnte er ihre nackten Fußknöchel sehen. Er beobachtete, wie sie sich durch das Zimmer bewegten, sah, wie Anna sich setzte, wie ihre Knöchel sich leicht kreuzten und die aufgerichteten Fersen auf dem abgewetzten, braunen Teppich ruhten.

»Paweł kommt gleich. Er zieht sich noch an«, sagte sie.

Da endlich sah Gracian auf und blickte ihr in die Augen und entdeckte, dass sie auf eine Art lächelte, die er für Verwirrung hielt. Ihr Gesicht strahlte derart, dass Gracian glaubte, selbst die Zeit müsse ihren Blick abwenden.

»Und wie geht es dem kleinen Gracian?«, fragte sie.

Er nahm erneut einen Schluck aus dem Becher. Sein Gesicht war in den Dampf des heißen Kaffees getaucht.

»Gut«, sagte er. Und dann, mit abgewandtem Blick: »Ich bin fünfzehn.«

Anna lächelte. Schweigend saßen sie eine Weile so da.

Dann gab es ein Geräusch, ein lautes Schlurfen, und

Paweł kam durch eine Tür, die Gracian vorher nicht bemerkt hatte. Er trug eine alte Anzughose, ein helles Hemd, einen braunen Pullover und darüber eine Wolljacke. Er war frisch rasiert, seine Ohren und seine Kehle waren gerötet. Er schien aufgeregt, wachsam. Er zog an seinem Hemdkragen, knickte ihn um und glättete ihn über dem Kragen des Pullovers.

Er legte Anna die gesunde Hand auf die Schulter, und sie neigte leicht ihren Kopf und langte mit einer Hand nach oben, um ihm die Fingerknöchel zu streicheln, und dann fühlte sie mit raschen, zarten und tastenden Bewegungen nach ihrem glatten, schwarzen Haarknoten.

»Gracian! Gut!«, sagte Paweł. »Bist du fertig? Es ist eine lange Wanderung und eine kalte dazu. Ich glaube, wir brauchen etwas, um uns aufzuwärmen. Anna, holst du uns etwas, um unsere Herzen zu erwärmen?«

Gracian hatte Paweł noch nie so sprechen hören, mit solcher Ungezwungenheit. In seinem Kopf versuchte er, die Worte mit Paweł in Übereinstimmung zu bringen oder Paweł mit den Worten, doch es gelang ihm nicht. Ihm war unbehaglich zumute. Er war erfüllt vom Argwohn des unbefugten Eindringlings und wollte endlich aufbrechen.

Anna schüttelte den Kopf und lachte, dann stand sie auf. Paweł ließ sich schwer auf ihren Stuhl fallen, rieb sich die Hände und grinste Gracian an, dann kam Anna mit einer halb gefüllten Flasche Roggenwodka und zwei kleinen Schnapsgläsern. Sie füllte sie, gab sie ihnen und stemmte die Hände in die Hüften.

»Trink!«, sagte Paweł.

Gracian blickte auf die kristallfarbene Flüssigkeit in seiner Hand, führte dann den Rand des Glases an seinen Mund und schmeckte Bitternis. Sie leerten gleichzeitig ihr Glas. Gracian würgte einmal, als er die Flamme durch seine Kehle sickern spürte.

Paweł klatschte in die Hände und stand auf. Sie schlüpften in die Mäntel, knöpften sie zu, banden die Mützen fest unter dem Kinn zu und zogen sich Handschuhe und Wollschals an. Gracian ging zur Tür und hörte Paweł sagen: »Ich bin bald zurück«, dann drehte er sich um und sah, wie Paweł und Anna sich umarmten. Sie schlang ihre Arme um seinen mächtigen Mantel und er legte ihr seine Hand auf die Wange. Sie küssten sich auf den Mund, und als sie sich voneinander lösten, schienen beide von Traurigkeit umfangen.

Als er sie so anblickte, hatte Gracian das Gefühl, unsichtbar zu sein; er war nur noch ein Rahmen, der das Bild von seinem Bruder und Anna Malewska in dem dunklen Zimmer enthielt. Und so wie ein Bild nur seine Oberfläche zeigt, war Gracian klar, dass eine undurchdringliche Wand die beiden einschloss und vor den anderen abschirmte, sodass sie sicher waren vor allen neugierigen Fragen.

Bis zur Zeche Osok waren es über vier Kilometer. Der Wind war stärker und schärfer geworden, und der Schnee fiel nicht, sondern wurde von ihm eingesogen und in wechselnden Rhythmen umhergewirbelt. Leicht, aber hartnäckig legte er sich auf alles, bis die wandernden Gestalten wie aus Schnee gemacht schienen: zwei Ansammlungen von Weiß, die sich im Schneegestöber bewegten. Sie gingen gegen den Wind Richtung Nordosten, und wenn sie versucht hätten, sich zu unterhalten – was nicht der Fall war –, wären ihre Stimmen hinweggefegt worden und hätten sich im Heulen des Windes verloren.

Bald hatten sie die Stadt hinter sich gelassen und gelangten auf eine Landstraße, wo das Weiß dichter und ungebrochen war und an den Straßenrändern große Böschungen bildete. Auf ihrem Weg rutschten die Böschungen von Zeit zu Zeit ab, brachen in sich zusammen und bildeteten sich wieder von neuem, eingebunden in die nur Eingeweihten zugänglichen, geologischen Gesetze des Schnees. Auf dem Weg waren sie vollkommen allein. Niemand kam ihnen entgegen, niemand überholte sie. Sie gingen vornübergebeugt und pressten mit den Händen die Mantelkragen gegen die Wangen. Der Weg war gerade und unendlich lang.

Einmal hielten sie, damit Gracian sich die verknäulte Schlaufe seines Schals enger um das Kinn ziehen konnte. Paweł schlug sich mit den Bändern seiner Mütze herum, hantierte unbeholfen mit seinen behandschuhten Händen und band sie fester zusammen. Gracian blinzelte in das Grau und sah, dass man nun zwischen Himmel und Erde nicht mehr unterscheiden konnte. Es schien weder Tag noch Nacht zu sein, vielmehr eine verlorene Zwischenzeit, ein einzelner Moment, der sich unendlich ausdehnte. Wieder einmal verspürte Gracian das heftige Verlangen, dass der Nachthimmel über ihm erschiene, dass sich die Undurchdringlichkeit vor ihm teile und die einzigartige Klarheit des dunklen Himmels enthülle. Und dabei hatte er das Gefühl, dass die Sterne, die er nicht sehen konnte, auch Gewissheit bedeuteten; sie bedeuteten die Gewissheit des Universums, die gesammelt, komprimiert und intensiviert wurde, bis die schwarze Nacht milliardenfach durchstochen war und das Licht der Ewigkeit hell, klar und unerschütterlich hindurchbrach.

»Wir haben schon über die Hälfte geschafft!«, schrie Paweł heiser ins Schneegestöber und winkte seinem Bruder, weiterzugehen.

Gracian hatte noch nie eine solche Kälte erlebt. Er glaubte, ihr Weg würde niemals enden.

Dann tauchten die ersten Häuser von Osok auf. Zwei deutsche Soldaten zitterten zusammengekauert in einem kleinen, hölzernen Kontrollhäuschen und hielten sich an den Läufen ihrer aufgestellten Gewehre fest, doch die Brüder durften ohne Nachfrage passieren. Durch den Schnee sah man verwischte Schatten von Häusern und zwischen die Schatten fuhr der Wind mit seinen nadelspitzen Klauen.

Das Dorf Osok war nur ein dürftiger, winziger Anhang des Bergwerks. Die Kohlevorkommen waren eher unbedeutend, jedenfalls kleiner als die der Zeche Richter, und vielleicht war aus diesem Grund das Namensschild nicht eingedeutscht worden. Das Verwaltungsgebäude jedoch war aus solidem Backstein ohne Verzierungen und ragte herausfordernd in den Himmel, als wäre es direkt aus dem Gestein gewachsen, aus dem es so lange schon seine Daseinsberechtigung gezogen hatte. Als die Brüder dort ankamen, überquerten sie den Vorhof und erreichten die Büros und die Tür, auf der in goldenen Buchstaben VORARBEITER auf das Fensterglas geschrieben stand.

Bevor Paweł eintrat, hielt er mit seiner behandschuhten Hand auf dem Türgriff inne. Er holte tief Luft und starrte auf seine Hand. Hier, unter dem schweren, schlichten Sims des Eingangs konnte der Sturm sie nicht erreichen, und obwohl die Kälte um sie herumlungerte wie ein lebendiges Etwas, herrschte doch der Frieden einer Art Zuflucht.

Gracian blickte vorsichtig auf seinen Bruder, auf seine abwartende Haltung, und hatte das Gefühl, nun sei der rechte Augenblick für eine Frage gekommen, die er zwei Tage lang nicht zu stellen gewagt hatte. Vorher waren ihm die Worte zu gefährlich erschienen, voll tödlichen Gewichts, so als hätten sie, einmal ausgesprochen, eine unsichtbare Waage kippen und die Welt in Angst und Schrecken stoßen können. Aber nun, da sein Bruder innehielt, nun, angesichts der Backsteine vor und des Weges hinter ihnen, hatte sich ein Freiraum ergeben, der Worte forderte, und dort war keine Angst.

»Warum, Paweł?«, fragte er. »Warum hast du beschlossen, hierher zu kommen?«

Paweł sah mit vor Überraschung leicht geöffnetem Mund auf, als wäre er gerade aus einer Art Dämmer erwacht. Und wieder einmal sah Gracian, wie sich seine Züge verhärteten und die Fassade der Gleichmut bildeten. Bis nicht mehr der geringste Hinweis auf irgendetwas hinter Pawełs Augen zu sehen war.

»In einem Punkt hatte Mutter Recht«, sagte er. »Es ist sicherer für mich, wenn ich Arbeit habe.«

Dann stieß er die Tür auf und trat ein.

Sie warteten eine Zeit lang in einem schwach beleuchteten Raum, wo eine Sekretärin ihre Namen erfragte, ein Buch mit Ledereinband durchblätterte, etwas fand und das Buch wieder zuschnappen ließ. Sie wies sie an, ihre Mäntel aufzuhängen und zu warten. Gracian fand, dass sie krank aussah, so als hätte sie zu wenig geschlafen. Dann machte der hölzerne Kasten auf ihrem Schreibtisch ein Geräusch, sie wies auf das Rauchglas der zweiten Tür, Paweł klopfte Gracian leicht auf den Rücken, und sie gingen hindurch.

Ein breiter Schreibtisch bildete das einzige Möbelstück im Zimmer, außer den Stühlen dahinter, auf denen zwei Männer saßen, und dem einen Stuhl auf der anderen Seite des Schreibtischs. Der Putz an den Wänden hatte Risse und blätterte ab. Zwei elektrische Heizöfen waren an zwei Wänden des Zimmers aufgestellt und summten leise, und die Luft war zu warm und roch abgestanden. Ein dritter Mann lehnte lässig an der Wand und stützte sich mit dem rechten Fuß daran ab, während er langsam eine Zigarette rauchte und dem aufsteigenden Rauch nachblickte. Einer der beiden Männer am Schreibtisch war völlig vertieft in eine deutsche Zeitung und las mit konzentrierter Miene; der andere, der älter und massiger war als die anderen, hatte die Hände vor sich gefaltet und blickte Paweł und Gracian aufmerksam an. Er lächelte in einer Weise, die zwar nicht freundlich, aber auch nicht besonders feindlich wirkte. Er sah aus wie ein Mann, den nichts so leicht überraschen oder erschüttern konnte. Seine Hände waren dick und sahen schmutzig aus.

»Herr Sófka«, sagte der Mann nun. »Bitte.« Er hob eine seiner Hände und wies auf den leeren Stuhl. Paweł ging um ihn herum und setzte sich. Er war zu groß für den Stuhl. Gracian stellte sich mit hängenden Armen hinter ihn. Paweł hustete und fingerte an den Knopflöchern seiner Jacke.

Gracian bemerkte plötzlich, dass er einen der Männer, nämlich den an der Wand, kannte. Sein Name lautete Albert Schwabe, und er war ein Deutscher, der früher, als Gracian noch ein Kind war, in Maleńkowice gelebt hatte. Er hatte einen Laden besessen; Gracian erinnerte sich daran, wie er mit seiner Mutter dorthin gegangen war. Paweł, daran erinnerte er sich auch noch, hatte sich gut mit Schwabe verstanden und ihm immer zugenickt, wenn sie sich auf der Straße begegneten. Doch jetzt ließen weder Paweł noch

Schwabe sich anmerken, dass sie sich kannten. Beide hielten ihren Blick starr auf etwas anderes gerichtet – Paweł auf die hintere Wand und Schwabe auf die Zigarette, ihre langsame Aufzehrung und den senkrecht in die Höhe steigenden Rauch.

Der Vorarbeiter richtete seinen Blick auf Gracian. Er fragte ihn auf Deutsch, ob er zum Übersetzen mitgekommen sei, und Gracian bestätigte das und fügte dann auf Deutsch hinzu: »Aber ich spreche nicht perfekt.«

»Keine Sorge, Junge, wir halten es ganz einfach«, sagte der Vorarbeiter, dann sah er wieder zu Paweł, hob beide Hände und glättete unter dem Tisch die Falten seiner Hose. Die Heizgeräte summten wie Insekten.

»Gut, Herr Sófka, Sie wollen hier arbeiten, ist das richtig?«, sagte der Vorarbeiter und Gracian übersetzte.

»Ich brauche Arbeit. Ich will für Sie arbeiten«, sagten erst Paweł und danach Gracian.

»Und warum arbeiten Sie nicht bereits? Wer nicht arbeitet, ist normalerweise ein Unruhestifter. Für Unruhestifter haben wir keinen Platz. Oder vielmehr haben wir dafür spezielle Plätze. Sind Sie ein Unruhestifter, Herr Sófka?«

In seiner Übersetzung verwandelte sich Gracian in einen Spiegel. Er zwang sich, keinerlei Wert in die gesprochenen Worte zu legen, so als wären es einfach Pakete, die für die Zustellung fertig gemacht worden waren, und seine Aufgabe wäre die des Zustellers, und obwohl ein Teil in ihm sich dagegen wehrte, unterdrückte er diesen Teil und hielt ihn sicher verborgen.

»Ich brauche Arbeit. Ich werde hart für Sie arbeiten«, sagte Paweł.

Der Mann nickte, doch es war weniger ein Nicken als das Senken seines Kinns auf seine gelockerte Krawatte. Dann warf er mit gesenktem Kopf und dem so niedergedrückten Kinn einen Blick zum Zeitungsleser, doch der blätterte nur raschelnd eine Seite um und las weiter. Der andere blickte Paweł erneut an.

»Ich sehe, Sie haben eine Verletzung. Sagen Sie mir, wie Sie dazu gekommen sind. Und wie wollen Sie mit einer nutzlosen Hand unter Tage arbeiten?«

Der Mann fragte, dann fragte Gracian. Es war unglaublich heiß im Zimmer, die Luft war drückend. Ihm rann der Schweiß die Achselhöhlen und dann die Rippen hinunter.

»Ich hatte als Kind einen Unfall; geriet unter ein Pferd. Und sie ist nicht nutzlos. Ich kann damit besser eine Axt oder eine Schaufel halten als viele andere.«

Der Mann runzelte die Stirn und konsultierte ein Blatt Papier, das er die ganze Zeit vor sich liegen hatte, doch schien die Konsultation mehr zu demonstrieren als zu enthüllen.

»In diesen Unterlagen heißt es, dass Sie in der polnischen Armee waren, doch erklärt das noch nicht, warum Sie hier und jetzt nach einer Arbeit suchen. Es heißt auch, dass Sie einige Zeit im Gefängnis verbracht haben. Aber Ihre Verletzung haben Sie sich weder bei der Armee noch im Gefängnis zugezogen?«

Gracian zögerte. Ihm war völlig neu, dass Paweł im Gefängnis gewesen war. Er wusste nicht, was das jetzt oder in Zukunft zu bedeuten hatte oder ob es überhaupt stimmte. Er wischte sich den Schweiß von Stirn und Nacken und sah den Vorarbeiter an, und der Vorarbeiter blickte erwartungsvoll zurück, und da übersetzte er.

»Nein«, sagte Paweł nach einem kurzen Augenblick. Gracian sah, dass das Gesicht seines Bruders in der Hitze rot geworden war, doch sein Körper blieb reglos, und er blickte Gracian nicht an.

Der Mann atmete plötzlich geräuschvoll aus, so als ließe er Luft ab, und lehnte sich weit in seinem Stuhl zurück. Er fuhr sich mit einer seiner dicken Hände über das Haar und blickte mit einem fragenden Gesichtsausdruck erst zu Paweł, dann zu Gracian und dann wieder zu Paweł zurück. Dann auf einmal lehnte er sich vor und wies mit ausgestrecktem Finger auf Gracian.

»Übersetze«, sagte er. »Jedes Wort.«

Der Deutsche blickte Paweł scharf an und sprach.

»Bevor Sie gehen, Herr Sófka, möchte ich Ihnen noch eine Frage stellen. Was halten Sie von den Gegebenheiten hier? In Ihrer Heimat. Von der Situation. Was ist Ihre Ansicht darüber?«

Gracian übersetzte. Paweł rutschte auf seinem Stuhl hin und her. Zum ersten Mal schien er unsicher, wie er sich verhalten und welche Worte er wählen sollte.

»Ich bin ein Pole«, sagte Paweł dann. »Ich fühle, was meine Landsleute fühlen.«

Der Mann hob theatralisch die Augenbrauen, sodass sich seine breite, bleiche Stirn in tiefe Falten legte.

»Ah. Ein Pole. Ein Pole. Nun, das ist gewiss ein interessantes Konzept« – der Mann hörte Gracian stocken und warf ihm einen scharfen Blick zu –, »das bedeutet *Vorstellung*, Junge, du kannst *Vorstellung* sagen« –, und Gracian sagte das Wort, als wäre er gefragt worden, und dann fuhr der Mann fort. »Und ich frage mich, warum Sie sich als Polen bezeichnen, Herr Sófka. Lassen Sie mich etwas über Ihre *Landsleute* sagen, Herr Sófka. Ihre Landsleute werden Schlesier genannt und Ihre Landsleute existieren nicht. Historisch gesehen existieren sie nicht, weil sie einer Nation angehörten, die zu schwach und chaotisch zum Überleben war. Es waren also immer nur Gefäße – leere Gläser –, die gefüllt und wieder geleert wurden. Sie kommen aus einem verwaisten Land, Herr Sófka. Einem winzigen geographischen Waisenkind. Wie sagen Sie dazu – *sierota*? Nach dem Krieg wurde uns der kleinste Teil von Ihnen geraubt. Aber jetzt haben wir Sie wieder.

Sie waren niemals polnisch, verstehen Sie? Kein Pole. Sie waren ein Chaos, ein Nichts. Und nun sind Sie ein Deutscher. Wir haben Sie in unserer Obhut. Keine Probleme mehr, kein Chaos. Wir sind gekommen und haben auf Sie Anspruch erhoben wie der Vater, den Sie niemals hatten. Und Sie können glücklich sein, dass wir Sie aufgenommen haben, Herr Sófka, Sie werden schon noch rechtzeitig lernen, die Wahrheit darin zu erkennen. Um Ihretwillen werden Sie es lernen.«

Dann lehnte er sich wieder zurück, kreuzte die Arme und strich sich mit dem Daumen über sein Kinn.

»Was sagen Sie dazu, Herr Sófka?«, sagte er dann, wieder mit hochgezogenen Augenbrauen.

Gracian war überzeugt, sein Bruder würde aufstehen, doch sein Bruder stand nicht auf. Er bewegte sich noch nicht einmal. Stattdessen lächelte er.

»Sie haben mir eine Rede gehalten«, sagte Paweł und dann Gracian. »Das war Ihre Absicht. Doch ich sagte Ihnen, dass ich für Sie arbeiten will, und zwar hart, um meinen Lebensunterhalt zu verdienen. Und mir scheint, was wir brauchen, ist Arbeit, keine Worte. Sehen Sie, ich habe schon andere Worte gehört, Herr Vorarbeiter. Andere Reden. Über die Bedeutung der Kohle für Sie in unserem Land. Über den Mangel an guten Arbeitern und die Notwendigkeit größerer Produktion. Dieser Dinge bedürfen Sie, aber Sie sprechen nicht über Bedürfnisse, sondern nur über Nationen und Philosophien. Und das ist eine Schande für jeden hier im Zimmer.«

Er stand auf und knöpfte seine Wolljacke wieder zu.

»Doch wie Sie schon sagten, muss ich jetzt gehen.«

Und dann hörte man ein Seufzen und das Rascheln von Papier, und der Zeitungsleser faltete die Zeitung zusammen und legte sie vor sich ab. Zum ersten Mal sah er Paweł an. An der Wand sah Albert Schwabe auf seinen Handrücken, auf die erloschene Zigarette. Der Mann mit der Zeitung sprach polnisch, doch mit starkem deutschem Akzent.

»Herr Sófka«, sagte er. »Mein Name ist Karl Gintse. *Ich* bin der Vorarbeiter dieser Zeche. Ich werde Ihnen Arbeit geben. Sie werden in Schicht B arbeiten, die morgen früh um halb sechs beginnt. Melden Sie sich wegen der näheren Einzelheiten hier um fünf Uhr. Sie bekommen einen Partner, der Sie einarbeitet. Sie können gehen.«

Paweł zögerte einen Moment und nickte dann. Er sah Gracian an, legte ihm ruhig eine Hand auf die Schulter und steuerte ihn aus dem Zimmer.

Da der Wind nachgelassen hatte und der Schnee mit fahlblauen Schatten ihre Füße umspielte, ging der Heimweg viel schneller. Die Kälte aber hatte die Luft in Schiefer verwandelt und der Schiefer durchschnitt die Kleidung der Brüder bis auf die Haut. Vor der Kälte gab es kein Entrinnen.

Während sie so gingen, wirbelte es in Gracians Kopf vor lauter Fragen. Paweł hatte keinerlei Reaktion auf die Begebenheiten in der Zeche gezeigt und sein Schweigen stand wie ein Damm zwischen ihnen, der sie trennte. Gracian hatte keine Ahnung, wo oder wie er den Damm brechen konnte.

Doch war es Paweł, der zuerst sprach. Er war ein paar Schritte voraus, und einen kurzen Augenblick lang war Gracian nicht sicher, ob es die Stimme seines Bruders war, die er hörte.

»Denk nicht darüber nach, was in diesem Zimmer gesagt wurde«, sagte die Stimme. Paweł lief langsamer, damit Gracian ihn einholen konnte und sie im Gleichschritt liefen.

»Du musst die Dinge selbst erfahren, nicht durch den Mund anderer. Du musst in deinem Tempo darüber nachdenken. Was du gehört hast, ist meine Sache, und nur meine Sache, verstehst du, Bruder?«

»Ich verstehe«, sagte er.

Sie gingen zusammen und die Zeit schien so langsam zu versickern wie Morast. Das Geräusch des knackenden Schnees, der unter ihren Stiefeln zusammengedrückt wurde. Daneben das Rascheln des Windes in den kahlen Ästen.

Dann sah Gracian, wie Paweł breite Schultern zusammensackten und seine Schritte langsamer wurden, bis er stehen blieb. Er sah, wie Paweł den Kopf hob und seufzend tief Luft holte, wie sein Brustkorb sich hob, als atmete er zum ersten Mal. Gracian war auch stehen geblieben und wartete.

»Es tut mir Leid«, sagte Paweł.

Gracian dachte an die Wärme der wie elektrische Insekten summenden Heizgeräte, an den Geruch nach Rauch und das Rascheln von Papier.

»Ich habe doch gesagt, ich würde kommen«, sagte er.

»Was? Oh. Nein, Bruder, ich meinte, weil ich so mit dir geredet habe. So wie Mutter.«

Paweł wandte sich plötzlich um und sah Gracian an. Sein Gesicht war rot angelaufen, und die Adern waren deutlich zu sehen, so als hätte er sich angestrengt.

»Der Ärger mit Familien, Bruder«, sagte er langsam und bedächtig, »kommt daher, dass sie manchmal versuchen, sich so eng aneinander zu binden, dass sie vor lauter Mühe nichts mehr sehen, und diese Blindheit ist ansteckend und bedroht alles, was sie waren oder sein könnten. Ich weiß nicht, ob eine Familie in diesem Zustand der Blindheit je geheilt werden kann. Ich glaube, normalerweise ist diese Blindheit von Dauer.«

Er wandte nun sein Gesicht von Gracian ab und blickte wieder ins winterliche Nichts.

»Und der Ärger mit Entscheidungen«, fuhr er fort, »liegt darin, dass es gleichgültig ist, wie sehr du dich bemühst, sie gesondert zu halten, ihnen einen speziellen Raum einzuräumen und dann weiterzumachen wie zuvor, denn sie werden immer wieder zum Vorschein kommen. Und dann ist nichts mehr, wie es war. Wie bei Wasser in einem lecken Eimer – auch wenn es ein winziges Leck ist, das du gar nicht für wahr hältst, das du geflickt zu haben glaubtest –, alte Entscheidungen werden immer eine Möglichkeit finden, durchzusickern und alles zu ruinieren. Gleichgültig, wie sehr du dich auch bemüht hast, es geschieht unweigerlich.«

Gracian wartete, dass Paweł weitersprach, doch das tat er nicht.

»Ich glaube, ich verstehe«, sagte er. Er zitterte vor Kälte. Aber Paweł schien die Kälte nicht zu bemerken.

»Und es tut mir Leid«, sagte Paweł, »es tut mir Leid wegen ihnen.«

Er hob nun seinen Arm und wies auf den Raum über ihren Köpfen. Gracian blickte auf und sah, dass der Himmel sich im dunstigen Dämmerschein orangefarbener Feuerzungen verdüstert hatte, die nun in die Dunkelheit bluteten. Hier und dort verharrten noch ein paar Wolken, die dem Tageslicht ihr Weiß verdankten. Weiter oben am Himmel jedoch konnte man das schwache Licht heller werdender Sterne sehen.

»Ich weiß, dass sie dir fehlen.«

Gracian hätte sie liebend gern betrachtet, doch konnte er an nichts anderes mehr denken als an die Kälte. Er hatte angefangen, von einem Fuß auf den anderen zu hüpfen, um das Zittern unter Kontrolle zu halten. Seine Zähne klapperten.

Paweł sah, wie sein Bruder mit den Füßen aufstampfte und die Arme fest um den Leib schlug, dann blickte er auf den vom Boden aufwirbelnden Schnee, und plötzlich meinte Gracian, ihn lachen zu hören. Dann trat Paweł eine weiße Fontäne los und fing wieder an zu laufen.

Sie erreichten die ersten Straßen von Maleńkowice, und dann waren sie weiter im Dorf, und dann waren sie bei der Wohnung der Malewskas. Paweł sagte, er würde sich hier verabschieden, und während er das sagte, reckte er seinen Kopf zur Seite und blickte Gracian an. Er reckte seinen Kopf noch mehr, blickte genauer hin, blieb stehen, hielt Gracian mit beiden Händen auf und sah ihn eindringlich an.

»Gracian! Deine Mütze sitzt schief«, sagte er.

Und so war es. Auf ihrem Weg war der Junge in Gedanken versunken gewesen und hatte sich nicht weiter um die Befestigung seiner Mütze gekümmert. Nun hob er unwillkürlich die Hand zu seinem rechten Ohr, doch Paweł schlug sie rasch beiseite.

Aber nicht rasch genug. Nicht so rasch, als dass er nicht das harte und spröde Etwas gespürt hätte, in das sich sein Ohrläppchen verwandelt hatte, und dass er nicht den intensiven, rasiermesserscharfen Schmerz gefühlt hätte, der sich durch seinen Wangenknochen zog.

»Wie lange saß sie schon schief?«, fragte Paweł.

»Wieso, stimmt was nicht?«, fragte Gracian mit stockendem Atem.

»Wie *lange*?«

»Vielleicht von Anfang an.«

Jetzt konnte er es fühlen, das Brennen.

»Was ist das?«

»Eine Erfrierung! Eine Erfrierung, du kleiner Idiot! Bedeck dein Ohr, wir müssen nach Haus!«

»Ich kann allein gehen!«

»Ruhig, Gracian, geh schneller!«

Sie näherten sich dem Haus von hinten, gingen am alten Apfelbaum vorbei. In Panik rannte Gracian zur Tür, aber Paweł packte ihn hinten am Kragen und zog ihn protestierend zurück.

»Bleib hier. Wir müssen es langsam aufwärmen.«

Er bückte sich, zog seinen Handschuh aus, steckte ihn in die Manteltasche, schaufelte mit den drei Fingern seiner verkrüppelten Hand etwas Schnee und hielt ihn dann zwischen Daumen und Zeigefinger, als wäre er etwas Kostbares. Er befahl Gracian, die

Ohrenklappe seiner Mütze anzuheben, betrachtete prüfend das Ohr, das nun die Farbe von getrocknetem Blut angenommen hatte, und fing dann an, sanft den Schnee daran zu reiben.

Er befahl Gracian, ein Weilchen zu warten, und sie warteten. Dann öffnete Paweł die Tür, ging ins Haus, zog einen Stuhl an die Tür und wies Gracian an, sich darauf zu setzen.

»Bleib hier sitzen. In einer Viertelstunde schließt du die Tür.«

»Was wird geschehen?«

»Es wird heilen. Ich glaube, wir haben es gerettet.«

Und Paweł wandte sich zum Aufbruch und Gracian sah ihm hinterher.

» Paweł«, hörte er sich sagen. Seine Stimme war so leise, dass er dachte, Paweł würde sie nicht hören. Doch Paweł blieb dort stehen, wo er war.

»Ich weiß, was du über das Vergessen gesagt hast. Aber der Mann behauptete, du seist im Gefängnis gewesen.«

Gracian sah eine hellsilberne Waffe vor sich, gebettet in mitternachtsblauen Stoff.

Draußen in der Kälte schlug sich Paweł mit der Hand gegen den Schenkel und zog die Nase hoch.

»Vor langer Zeit, Gracian«, sagte er. »Dieses Loch ist abgedichtet«, sagte er.

Und dann ging er.

Als die Mutter Gracian entdeckte, allein auf seinem Stuhl, mit einer Erfrierung am Ohr, da schrie sie ihn so lange an, bis sie heiser war. Als er ihr dann erzählte, dass Paweł Arbeit in der Zeche Osok gefunden hatte, verstummte sie und starrte ihn mit offenem Mund an.

»Tja, das ist doch mal was«, sagte sie schließlich und legte eine Hand über die Öffnung ihres Mundes.

Im Verlauf des Abends schwoll Gracians Ohr immer mehr an. Es schwoll und schwoll und wollte einfach nicht aufhören. Als es Nacht war, hatte sein Ohrläppchen die Größe einer reifen Frucht, einer erstklassigen Orange etwa. Die Geschwulst war von einem durchscheinenden Rosa und schmerzte erschütternd, wenn man sie berührte. Sie erzeugte ein Jucken tief im Innern seines Schädels. Wenn Gracian behutsam mit dem Finger darüber fuhr, fühlte er, wie fremd ihm sein Körper vorkam, welcher über seine natürlichen Grenzen hinausgewachsen war. Er betrachtete ihn in dem kleinen Spiegel in seiner düsteren Kammer und prüfte seine neuen, unerforschten Grenzen. Er sah die komplexen Farbschattierungen auf dem mit dünner Haut überspannten Globus und spürte das albern wippende Gewicht, wenn er den Kopf bewegte. Er drehte seinen Kopf hin und her und betrachtete die Rundungen aus dem Augenwinkel.

So ist das also, dachte er bei sich. *So ist das also, wenn man sich über alle Erwartungen hinaus verändert.*

Am nächsten Morgen erhitzte Gracians Mutter eine Stopfnadel in einem Topf mit kochendem Wasser und gab sie ihm. Als sie sich abwandte, bemerkte er, dass ihre Augen von geschwollener Haut umrahmt waren.

Er stach selbst die Beule auf. Als sie platzte, gab sie eine Menge durchsichtiger Flüssigkeit frei, einen winzigen Fluss, der aus seinem Kopf strömte.

Später, in der Grube, stießen ihn die Männer mit dem Ellbogen an und hänselten ihn wegen seines verbundenen Ohrs.

»Das geschieht, wenn man Gerard Dylong zu lange zuhört«, sagten sie.

Ein paar Tage später traf Gracian erneut auf Paweł, der am Tor auf ihn wartete. Er hatte ein blaues Auge, das bereits verblasste, doch er wirkte gelöst.

»Du hast dich geprügelt«, sagte Gracian.

»Schon möglich. Wie geht es deinem Ohr?«

Eine dicke, helle Kruste hatte sich auf dem Ohrläppchen gebildet und juckte ohne Unterlass.

»Gut.«

»Und wie geht es Mutter und Schwester?«

»Mutter hat geweint.«

Paweł sagte nichts.

»Kommst du mit? Nur kurz«, sagte er dann.

Sie gingen zur Wohnung der Malewskas. Weder Anna noch ihre Eltern waren zu sehen. Paweł befahl ihm zu warten und verließ den Raum. Eines von Annas Kleidern hing über der Rückenlehne eines Stuhls und darunter stand ein Paar ihrer Schuhe. So allein im Zimmer verspürte Gracian den Wunsch, hinüberzugehen und sie zu berühren.

Kurze Zeit später kam Paweł mit einem großen, ramponierten Pappkarton unter dem Arm zurück.

»Hier«, sagte Paweł und gab Gracian den Karton.

»Wieso?«, fragte Gracian.

»Keine Fragen. Und bevor du es ansiehst, Bruder, noch eins. Du darfst es niemals jemand anderem sagen oder zeigen. Nur du und ich dürfen davon wissen. Verstanden?«

»Verstanden.«

»Schwörst du es, Bruder?«

»Ich schwöre es.«

Dann öffnete Gracian den Karton. Darin war eine dicke Schicht aus zerknüllten Papierstreifen, und auf dem Papier lag wie eine Ikone das Wunderbarste, was Gracian je gesehen hatte. Er betrachtete es lange, und dann hob er es so vorsichtig heraus, als hätte er ein Baby in Händen.

Da war es.

Ein Teleskop.

Zwei

Das Teleskop bestand aus drei messingfarbenen Metallzylindern, die an ihren Enden jeweils von einem silbernen Rand umgeben waren. Vier Ränder gab es insgesamt. Der dünnste Zylinder hatte den Umfang eines Zweiges oder Axtgriffs und konnte in den zweiten Zylinder gleiten, der seinerseits in den dritten gleiten konnte, sodass am Ende das Ganze nicht länger und nicht breiter war als eine Weinflasche. Das Hineingleiten ging nicht ohne Mühe; der Vorgang vollzog sich nur schleppend und mit Widerstand, so als hielte das Teleskop seine Reduktion für würdelos. Es waren auch Dellen im Metall der Zylinder, Zeichen von Nutzung und Verschleiß. Aber die Linsen waren klar, scharf und ohne blinde Flecken. Hielt man das Teleskop auf beiden Handflächen, so war es erstaunlich leicht, als könnte es zerbrechen wie Pergament, sollte es fallen gelassen werden, und sein Geheimnis für immer verloren gehen.

Gracian wusste aus Erfahrung, dass bestimmte Gegenstände eine Seele zu besitzen schienen oder zumindest einen Vorrat an Erinnerungen und Erfahrungen enthielten, die von ihrer Oberfläche gelesen werden konnten, als wären sie darauf gedruckt. Bei dem Teleskop spürte er es, kaum hatte er es in seinem Papierbett gesehen. Er spürte das Leben darin und hörte seine stillen Rufe, eine Musik aus Glas und Metall.

Sobald er es in den Händen hielt, kamen alle Bilder gleichzeitig zu ihm.

Er sah das Teleskop in den Händen eines Seemanns auf windgepeitschter See. Er sah, wie seine Oberfläche weiß den Blitz reflektierte, der eine Öffnung zwischen die schwarzen Wolkenhaufen getrieben hatte; Regen spritzte wie siedendes Öl auf Metall.

Er sah es in den Händen eines Mörders. Dort verbarg es sich in einem fernen Land zwischen glühenden Felsen, hoch über einem Lager, wanderte langsam von einer weit entfernten Gestalt zur nächsten, registrierte Gesichter, Gesten, Kleider, enthüllte und rief in Erinnerung, wies wie ein Pfeil aus dem Auge seines Eigentümers nach unten; so als brächte das Teleskop den ersten Tod, den wahren Tod vor der Kugel.

Zuletzt legte er es in die Hände eines blinden Mannes, hoch erhoben und gegen den zarten Apfel seines Auges gepresst. Der blinde Mann stand auf einem Balkon, der über einer alten, in blaues Licht gehüllten Stadt schwebte. Dort stand er und warf einen langen Schatten auf den Boden des Balkons, als er das Teleskop an sein verschleiertes Auge hob.

Für den blinden Mann, das sah Gracian, war dies eine große, unvergängliche Freude; die imaginäre Vergrößerung einer Welt, die er nur aus seiner Imagination kannte, die betörende Bestätigung, dass die Bilder, die er in seinem Kopf sah, Punkt für Punkt so real waren wie alle anderen. Denn wenn der Blinde durch das Teleskop blickte, projizierte die Linse nur das, was sein Benutzer schon in sich trug.

Gracian aber hob es erst später, in der Nacht, an sein Auge, als er zu Hause war und in seinem Zimmer stand, dessen Tür geschlossen und dessen Lampe dunkel war. Davor war er hinunter zu dem Ziegelofen gegangen, der in einer Ecke von Franciszkas Schlafzimmer stand und fast bis zur Decke reichte. Er war dorthin gegangen, hatte den Kohlensack aus Sackleinen hinübergezogen, der schwarze Staubwolken ausstieß und seine Hände beschmutzte, hatte das eiserne Gitter am unteren Teil des hohen Ofens geöffnet, Kohle hineingeschaufelt, bis er voll war, und das Gitter wieder geschlossen. Dann war er in die Küche gegangen und hatte mit seiner Familie gegessen, wobei das Teleskop in der großen Innentasche seines Mantels verborgen war, welcher über der Lehne seines Stuhls hing. Die davon ausgehende Spannung war fast unerträglich.

Ein paar Stunden später war der Himmel vollkommen dunkel und der Ziegelofen ließ seine Wärme bis in die oberen Teile des Hauses ausstrahlen. Gracian stand vom Tisch auf und verbarg sein brennendes Bedürfnis, die Treppe hinaufzusteigen, während er sich unter den neugierigen Blicken seiner Mutter und seiner Schwester mit dem zusammengeknüllten Mantel entfernte, in dem das Teleskop wie das Herz eines schlafenden Tieres in seinen Armen ruhte.

Nur der oberste Abschnitt des kleinen Fensters in seinem Zimmer konnte geöffnet werden und wurde von Gracian quietschend nach unten gezogen. Um die nötige Höhe zu erreichen, zog er den alten, staubüberzogenen Schrankkoffer ans Fenster, der einst seinem Vater und davor seinem Großvater gehört hatte, den Gracian nie kennen gelernt hatte. Sein Vater hatte ihn benutzt, als er im Ersten Weltkrieg zur Armee ging. SÓFKA stand in abblätternden Goldbuchstaben auf einer Seite. Er stellte sich darauf und blickte eine Zeit lang auf das Rechteck offenen Raums vor ihm und auf die Sterne, mit denen er so lange keine Zwiesprache gehalten hatte. Er spürte die beißend kalte Luft auf seinem Gesicht und die schmeichelnde Wärme des Zimmers an Rücken und Ohren, so als hielte er sich in ruhiger See über Wasser. Sein Ohr war nun fast verheilt und pochte nicht mehr in der Kälte.

Dann blickte er langsam, mit förmlicher Feierlichkeit durch das kleine Rund des Teleskops.

Der Unterschied war folgender: Hatte er mit dem Vergrößerungsglas seines Vaters vor Augen auf seinem Aussichtsplatz gelegen, hatten sich die Sterne ihm in zwei übereinander liegenden Ebenen offenbart. Die erste war der flache, weite Hintergrund des Himmels; er war zwar flach, doch von dieser tiefen Dunkelheit, in der sich das Auge verliert. Die zweite war die des runden Rahmens des Vergrößerungsglases, dort schwollen die Sterne leicht an und verschwammen, und der Himmel wirkte körnig, als wäre ihm seine Substanz entzogen. So hatte er den sternübersäten Himmel in eine Seite für seine Lektüre verwandelt und konnte die Sterne zusammen in ihrer Streuung betrachten und einen Ausschnitt davon dann einer näheren Überprüfung unterziehen. Und jede Ebene war anders; Gracian konnte sein Auge beliebig von einer zur anderen wandern lassen.

Aber durch das Teleskop wurde Gracian hinauf in ein einzigartiges Universum gesogen. In einen leicht bedrohlich wirkenden, vibrierenden Ort mit zahlreichen Schwingungen, die oft ungezügelt waren und auf den Rhythmus seines Herzens und die warmen Gezeiten des Blutes in seinen Händen reagierten. Hier waren die Sterne aus ihrer Menge gelöst und wurden stattdessen zu vereinzelten, großen, runden Lichthöfen, zu verschwommenen Flecken großer Helligkeit und Schönheit, und sie schienen so nah an die äußeren Begrenzungen seines Körpers gerückt, dass der Junge am Anfang eine Hand ausstreckte, um sie zu fühlen, und überrascht war, dass seine Finger im Nichts herumtasteten.

Es gab keine verschiedenen Ebenen mehr, sondern nur noch eine konkave Konzentration, eine Einheit. Wenn Gracian durch das Teleskop blickte, schien alles eins zu werden. Ein Auge wurde zusammengekniffen und zog dadurch einen seiner Mundwinkel in die Höhe und ein Auge presste sich weit geöffnet gegen eine einzige Öffnung. Der gesamte Ausblick wurde durch diese Öffnung, das aufgerissene Auge kanalisiert und zog ihn als Ganzes hinauf zu den riesigen, fernen Sternen. Es war ein Aufwärtsstrom. Kreise in Kreisen.

Zum ersten Mal konnte Gracian Dinge sehen, von denen das Buch mit den blassroten Buchstaben auf cremefarbenem Grund gesprochen hatte. Er konnte die undeutlichen Formen von Sternen entdecken, die sich ihm vorher entzogen hatten. Er konnte die verschwommenen Färbungen sehen, die darauf hinwiesen, dass es sich möglicherweise um einen anderen Planeten oder Mond handelte. Und wenn er auch oft nicht mehr die vollständigen Sternbilder sehen konnte, so konnte er doch ihre Linien abfahren, als würde er sie aufbauen und ihnen damit zum Leben verhelfen.

Durch das metallene Auge waren Gracians Freunde zurückgekehrt. Jeden Tag wartete er geduldig darauf, sie zu empfangen. Eine Zeit lang fühlte er sich wohl, im Frieden mit der Welt, und er dachte, sein Gefühl käme der Liebe gleich. Er hatte jetzt ein neues Geheimnis, und wenn er durch das Teleskop blickte, gab er sich dessen Verzauberung hin.

Weihnachten kam und ging. Gracians Mutter konnte sich nur einen einzigen Karpfen von dem Händler sichern, der jedes Jahr von den fischreichen Flüssen im Süden kam. Sie musste ihm zwanzig deutsche Mark dafür geben. Niemand machte sich die Mühe, Paweł einzuladen; dazu gab es auch zu wenig zu essen. Aber seine Abwesenheit schwebte wie ein Vakuum im Raum, wie eine Krümmung der Luft. Gracian aß gemeinsam mit seiner Mutter, mit Franciszka und Józef Kukła und dem Kind. Gesprochen wurde wenig.

»Das ist gut, Mutter!«, hatte Franciszka mit dem Mund voller Karpfen gesagt. »Es ist wirklich reichlich.«

»Ja«, sagte Kukła, und dann an Gracian gewandt: »Deine Mutter kann Suppe aus Wasser und einem rostigen Nagel machen!« Das war ein alter Scherz. Sein Vater hatte ihn immer gemacht. Nur Kukła lachte, etwas zu laut, und schlug sich dabei auf die Knie.

Gracian betrachtete die Sterne. Der Aussichtsplatz verblasste so schnell wie der Abdruck seines Atems auf einer Glasscheibe. Er begann, wieder mit Gerard Dylong und den anderen Männern in der Grube zu sprechen und zu scherzen, und spürte, wie die Leichtigkeit in seine Schritte zurückkehrte, wenn er durch das Dorf ging, doch hatte die Leichtigkeit Grenzen, und diese Grenzen betrafen alle Dorfbewohner. Die Übergriffe der lokalen Sonderpolizei, die die Dorfbewohner mit dem deutschen Wort *Schupo* bezeichneten, waren schlimmer geworden. Es waren vier oder fünf von ihnen, Jugendliche aus der Umgebung, nicht viel älter als Gracian, die oft des Nachmittags durch das Dorf spazierten und die Passanten bedrohten. Gracian waren mindestens drei Prügeleien zu Ohren gekommen und er hatte sich selbst schon auf seinem Weg von der Zeche von ihnen anstarren lassen müssen. Józef Kukła hatte begonnen, später von seiner Arbeit in der Bäckerei nach Hause zu kommen, um ihrer Kontrolle zu entgehen. Sogar der alte Morek kürzte seine Lieder ab. Und Gerard Dylong behauptete, er sei von ihnen angespuckt worden.

»Gestern haben sie mir mitten auf der Straße ins Gesicht gespuckt«, sagte er. »Sie waren so jung, dass sie kaum in ihre Uniform passten. Ihre grünen Kappen fielen ihnen fast vom Kopf. Ich hätte sie alle umbringen können. Ich spielte mit dem Gedanken, insgeheim – du verstehst schon. Ich hätte ihr Genick knicken können wie einen dünnen Zweig und sie so töten können.« Er zuckte mit seinen massigen Schultern. »Aber was dann, Galileo? Dann hätte die Erde den weltbesten Grubenarbeiter verloren, den sie hat.

Das wäre wie Raub an der Erde gewesen.« Er hatte sich vorgeneigt und die Gesteinswand getätschelt wie einen alten Freund. »Und dann hätte ich nie meinen Schatz gefunden.« Sein Lächeln strahlte im Dämmerlicht wie seine Lampe.

Durch das Teleskop lernte Gracian wieder zu sehen, und obwohl am Anfang nur die Sterne seiner Betrachtung zugeführt wurden, trat mit der Zeit eine Veränderung ein. Nachdem Gracian die Sternbilder zur Genüge angeschaut hatte, erschlafften seine Muskeln nach dem Tagewerk und Erschöpfung überkam ihn. Dann richtete er seinen Blick auf Näherliegendes; auf das Inventar seines Zimmers, auf den nackten, gesprungenen Betonboden des Hofs, dessen Gemüsebeete vom Winter kahl gefegt worden waren. Es machte ihm immer mehr Vergnügen, seinen Ausblick zu verändern, und er verbrachte einige Zeit damit, denn er fand, dass das Vergnügen, die Sterne zu betrachten, wuchs durch das Vergnügen, die Welt um ihn herum zu betrachten.

Es gab auch Zeiten nach der Arbeit, wenn der Nachmittag am Rande des Abends balancierte, in denen Gracian allein im Haus war. Wenn er das merkte, hielt er sich immer öfter in Franciszkas und Kukłas Zimmer auf, wo das Fenster eine gute Sicht auf die Krümmung der Hauptstraße bot. Die Oberfläche des Kopfsteinpflasters, die schwachen Umrisse der Gestalten hinter den verdunkelten Fenstern, die Ausdrücke auf den Gesichtern der Passanten, all das war vor seinem Auge ausgebreitet. Wie verzaubert stand er da, während sein Mantel neben ihm auf dem Boden lag, um das Teleskop zu verbergen, falls jemand unerwartet früher nach Hause kam.

Als Gracian bei einer dieser Gelegenheiten die Straße betrachtete, bemerkte er aus dem Augenwinkel eine Spinne. Sie krabbelte den weißen Fensterrahmen mit der abblätternden Farbe hinunter und setzte dabei die Beine kaum auf dem Holz auf. Zerstreut blickte der Junge sie an, dann sah er sie auf der Schräge einer Rahmenbegrenzung plötzlich abrutschen und in den leeren Raum über dem Glas fallen. Und gerade als er dachte, die Spinne hätte ihren Kampf gegen die Schwerkraft verloren, hielt sie in ihrem Fall inne und schwebte dort in der Luft, ließ ihre Beine schlaff herunterhängen wie die Hand eines Sterbenden.

Ohne nachzudenken richtete er sein Teleskop darauf und bemerkte, dass er ein paar Schritte zurücktreten musste, um das Tier in der Linse zu erfassen. Jetzt war die Spinne eine Masse gesträubter Haare, die von dem runden Körper und den dünnen, mehrgliedrigen Beinen abstanden. Nach einem kurzen Augenblick fing sich die Spinne und begann, ihren unsichtbaren Faden wieder hinaufzuklettern, und Gracian konnte ihre Bewegungen sehen wie bei einer Maschine mit offenem Gehäuse: die synchronisierten Beugungen der Glieder, ein Satz winziger Kolben, und die Kneifzangen, die stark und ausdauernd den Faden umklammerten.

In diesem Moment hatte Gracian den Eindruck,

dass es in der Welt nur zwei Betrachtungsweisen gäbe und dass jede ein Extrem sei. In der einen wurde die Welt aus großer Höhe oder Distanz gesehen, in der anderen nahezu aus der Distanzlosigkeit. Beide Betrachtungsweisen boten viele komplizierte Ansichten, ein ganzes Universum von Ansichten, aber normalerweise lagen diese außerhalb der menschlichen Reichweite. Denn die Betrachtungsweise, die der Mensch innehatte, war unscharf und schwach im Vergleich mit den beiden anderen, welche, so dachte Gracian, die wahren Betrachtungsweisen genannt werden konnten. Die menschliche Betrachtungsweise bestand weder in dem einen Extrem noch in dem anderen, sondern in einem kraftlosen, alles eintrübenden Nebel zwischen den beiden Extremen. Dem Menschen war eine wenig erhellende, vom Kompromiss bestimmte Betrachtungsweise zu eigen, die seinem Auge nichts Schönes bot.

Es war dem Menschen möglich, sich vorübergehend Zugang zu den wahren Betrachtungsweisen zu verschaffen, so wie er es getan hatte. Durch das Ersatzauge eines Teleskops konnte dies erreicht werden oder durch andere, gleichermaßen unbefriedigende Mittel – durch ein Geschichtsbuch möglicherweise, in dem vom Gang der Zeiten die Rede war, oder durch die Spiegelung in einem Tautropfen am Morgen, oder vielleicht auch durch die Aussicht von einem leeren Hügel an einem klaren Tag. Aber wenn der Mensch eine der beiden wahren Betrachtungsweisen annehmen wollte, musste er immer die andere aufgeben.

Beide Universen gleichzeitig, das ferne und das nahe, lagen außerhalb seiner Fähigkeiten. Sah er die Anmut in den Bewegungen einer Spinne, entging ihm die Struktur ihres Körpers; sah er die Struktur, entging ihm die Bewegung. Das eine oder das andere. Eine andere Wahl hatte er nicht.

Wenn es nur eine Möglichkeit gäbe, dachte Gracian, diese beiden Betrachtungsweisen zu vereinen. Wahrhaft und mit beiden Augen zusammen zu sehen. Welches Geheimnis würde sich dann all denen enthüllen, die sehen konnten? Welche Geschichte würde dann schließlich erzählt werden?

Doch selbst im Drängen seines Kopfes und seines Herzens, dort, angesichts der kühlen Transparenz des Fensters und des Krabbelns der Spinne, wusste er, dass das unmöglich war. Denn es war das Schicksal des Menschen, mit Augen zu sehen, die nichts mit den Sternen gemein hatten. Mit Augen, die erdenschwer waren und deren Reichweite auf ewig zu kurz war.

An einem Abend, kurz nachdem er die Spinne gesehen hatte, saß Gracian in seinem leeren Zimmer und dachte über Paweł nach. Er hatte seinen Bruder nicht mehr gesehen, seit er das Teleskop von ihm bekommen hatte, doch halb erwartete er immer noch, ihn eines Tages am Tor der Zeche im Schnee zu sehen. Er wusste nicht, ob Paweł noch in Osok arbeitete, aber er nahm es an, weil er sich nicht bei seiner Familie blicken ließ. Seine Mutter fragte ihn nicht danach, aber er wusste, dass sie in Gedanken oft bei ihrem ältesten Kind war, denn dann richtete sie sich auf und presste die Kiefer zusammen, als wollte sie sich zusammennehmen. Gracian hatte schon einmal geplant, ihn zu besuchen, doch dann war er verlegen auf halbem Wege zur Wohnung der Malewskas umgekehrt. Wenn Paweł ihn sehen wollte, sagte er zu sich, dann ließ er sich auch sehen. Bis dahin war es das Beste, ihr Leben verliefe in unterschiedlichen Bahnen.

Der Abend kam näher und er hatte die Stiefel ausgezogen und saß auf seinem Bett, spürte die harte Matratze unter sich und hörte, wie draußen der Wind den Schnee streichelte.

Das Teleskop lag in einiger Entfernung von ihm auf dem Schränkchen neben Pawełs Bett. Die blanke, runde Linse war schräg auf ihn gerichtet, und als er sie anblickte, sah er sein eigenes Gesicht lang gestreckt und unheimlich in der kreisförmigen Dunkelheit. Einen Moment lang erkannte er sich nicht; sein Kinn war zu ausgeprägt, seine Wangen zu schmal, die Augen voller Intensität. Was er sah, war das Bild eines Mannes, nicht das eines Jungen.

Rasch stand er auf, vergrub die Hände in die Hosentaschen und schabte mit den Fingerspitzen über den rauen Innenstoff. Dann ging er aus dem Zimmer und blieb im Flur stehen. Er konnte seine Mutter und Franciszka miteinander sprechen hören, ihre Stimmen drangen wie durch Wasser zu ihm hinauf. Er drehte sich um und ging zu dem Zimmer, in dem seine Mutter schlief und in dem sein Vater früher ebenfalls geschlafen hatte, und legte eine Hand auf den Türknauf. Langsam drehte er ihn und versteifte sich in der Erwartung des Geräuschs, das die anderen warnen würde, doch es kam kein Geräusch, und er stieß die Tür auf und ging hinein. Drinnen roch es nach seiner Mutter, angenehm und mit einer unterschwelligen Note, die ihn an die Zeit erinnerte, da er in Windeln ganz nahe bei ihr gelegen hatte. Er ging durch das kleine, ungelüftete Zimmer zu der Kommode am Ende des Bettes und öffnete die unterste der fünf Schubladen. Es war die Schublade seines Vaters, wo seine Mutter die Andenken aufbewahrte. Ein Bündel vergilbter Briefe, die von einer Schnur zusammengehalten wurden; eine Muschel, geformt wie ein Ohr; eine Lesebrille, die jetzt staubüberzogen war; ein Paar Würfel; eine Uhr, die stehen geblieben und deren gerissenes Band von seinem Vater mit Klebeband geflickt worden war. Und Fotos.

Er nahm den kleinen Stapel Bilder und sah ihn durch, bis er fand, wonach er gesucht hatte. Ein Foto mit weißem, gezacktem Papierrand, das von einem der Freunde seines Vaters nach dem Krieg mit einem der neuen Fotoapparate aufgenommen worden war und dessen Schwarz nun zu Braun, dessen Weiß zu Creme verblasst war. Sein Vater sah jung aus; er stand in seiner Arbeitskleidung im sanften Licht eines Sommermorgens auf einer Waldlichtung und zeigte ein Lächeln, das sich eben erst auf seinem Gesicht ausbreitete. Einige Jahre lang hatte er als Saisonarbeiter Bäume gefällt, und da stand er mit einem Fuß auf einem Baumstamm, als wäre er ein berühmter Held oder Entdecker, mit der großen Axt über seiner Schulter. Hinter ihm waren andere Männer bei der Arbeit. Älter als achtundzwanzig oder neunundzwanzig konnte er damals nicht gewesen sein.

Gracian hatte einige Jahre lang schon nicht mehr dieses Foto betrachtet, und es erschien ihm seltsam, dass der Mann auf dem Foto so jung und stark war. Er wandte das Foto im Dämmerlicht hin und her und ließ den Mond auf seine Oberfläche scheinen, und dann stand er ruckartig auf, stopfte sich das Foto in seine Hemdtasche und eilte aus dem Zimmer.

In der Stille seiner Kammer zog er es noch einmal

hervor und legte es auf das Fenstersims, damit das Licht von draußen es beleuchten konnte. Er wollte die Lampe nicht anknipsen, denn in der eindringenden Dunkelheit fühlte er etwas Heiliges und dieses Heilige schien ihm angemessen. Er schob das Bild so hin und her, dass es senkrecht auf dem Sims vor ihm lag und das Gesicht seines Vaters ihm zugewandt war. Dann trat er zurück, ging wieder zum Foto, kniff ein Auge zu und hob das Teleskop.

Aus der Nähe verschwammen die Gesichtszüge seines Vaters und lösten sich in Körnchen auf. Gracian wusste nicht, was er dazwischen suchte; vielleicht den Schatten der Krankheit, die ihn später heimgesucht hatte, vielleicht die schwächeren Schatten seines eigenen Gesichts. Doch während er es so betrachtete, wurden andere Bilder in ihm deutlicher und begannen die Linse auszufüllen, bewegten sich und strahlten zu ihm herauf.

Sein Vater, der am Fußende seines Bettes in einem lichtdurchfluteten Raum saß, in dem es trotz des geöffneten Fensters heiß war. Am Tag darauf sollte Gracians neunter Geburtstag sein.

»Was würde dir gefallen, Junge?«, sagte sein Vater in der ihm eigenen Sprechweise. Schlesischer Dialekt. Eher altslavisch als polnisch.

»Was hättest du am liebsten?«

Gracian stützte sich auf die Ellbogen.

»Einen Finken«, sagte er und stellte sich den Vogel auf seiner Handfläche vor. »Einen Goldfinken.«

Sein Vater runzelte die Stirn.

»Und wie willst du daran kommen?«

»Das weiß ich nicht. Aber ich wünsche mir schon mein ganzes Leben einen.«

In den Augenwinkeln seines Vaters tauchten Fältchen auf.

»Dein ganzes Leben? Du hast doch noch gar nicht gelebt. Du musst dir noch eine ganze Vergangenheit verdienen.«

»Und wie?«

»Mit gelebten Jahren.«

»Aber ich möchte doch einen. Ich habe sogar einen Käfig dafür. Den habe ich selbst gebaut. Aus Holz.«

»Das ist kein Käfig, Junge. Das ist eine Kiste. Ein Fink muss sich frei fühlen.«

»Das wird er. Er wird sich frei fühlen. Dafür sorge ich.«

Dann die große, raue Hand seines Vaters, die seinen Kopf tätschelte, seine Haare durchkämmte, Finger mit bernsteinfarbenen Flecken von den vielen selbst gedrehten Zigaretten, die er rauchte.

»Gut. Wir werden sehen.«

Am nächsten Tag war sein Vater zur Arbeit in den Wald gegangen. In der Mittagshitze hatte er hoch oben in einer Birke ein Nest mit Finken entdeckt, die tschilpten, als ihre Mutter sie fütterte. Er hatte sein Arbeitsgerät hingelegt, die Trittfestigkeit der Birkenrinde geprüft und dann begonnen, den Baum hinaufzusteigen. Er kletterte hinauf bis zum Nest. Als er versuchte, einen der Jungvögel in seiner Hand zu bergen, hatte sich die Mutter von einem der höher gelegenen Äste gestürzt, laut gezwitschert und mit bedrohlich funkelnden Perlaugen und schlagenden Flügeln, die sie auf einer Höhe hielten, in seinen Finger gehackt. Er ließ den Jungvogel fallen und versuchte, am Stamm wieder Halt zu finden, doch er wusste, es war zu spät, und er fiel in einem rasenden Wirbel aus Grün und Gelb in die Tiefe. Er schlug hart auf dem Boden auf und blieb benommen und keuchend liegen. Ein paar der Männer versammelten sich um ihn und boten ihm die Hand, um ihn hochzuziehen. Doch er wehrte sie ab, stand wieder auf, schüttelte den Kopf, als wollte er ihn von einem Gedanken befreien, und machte sich erneut daran, den Baum hinaufzuklettern.

Am Abend kam er vollkommen verkratzt nach Hause. Mit großen Schritten ging er auf seinen Sohn zu und hob ihn in die Höhe, sodass der Junge seinen Geruch wahrnahm, Rauch und Schweiß.

»Wie geht's meinem Jungen?«, sagte er und setzte ihn ab. »Ich habe etwas für dich.«

»Wo? Wo? Was ist es?«

Der Vater wandte seinen Kopf zur Seite und wies mit dem Kinn auf seine Jackentasche.

»Sieh's dir an.«

Gracian, der vor lauter Aufregung schwer atmete, hakte einen Finger in den Saum der Jackentasche, zog sie auf und spähte hinein.

Dort saß der junge Fink in einer kleinen, weichen Wolke aus senffarbenen Federn. Sein Schopf war ein kleiner, schwarzer Daumen, der sich auf lebhaftes Rot presste, sein Kopf zuckte im vogeleigenen Rhythmus hin und her, sein Auge war ein Opal und aus dem winzigen Schnabel tönte leises Zwitschern. Gracian ließ ihn auf seine Hand hüpfen und zog sie aus der Tasche, damit alle den Vogel sehen konnten.

»Er wird sich frei fühlen«, sagte er.

Später baute ihm sein Vater einen echten Käfig aus einer Holzplatte und Lagen aus Silberdraht. Zwei Jahre lang hielt Gracian den Vogel in seinem Zimmer. Einen Tag nach dem Tod seines Vaters entflog der Vogel durch den Draht und segelte auf den Hof hinaus.

Es war jetzt tiefste Nacht, der Zeitpunkt, zu dem die Sonne am fernsten ist. Gracian hatte genug von dem Foto, nahm es vom Sims und ließ es so nachlässig aufs Bett fallen, wie man sich eines Bonbonpapiers oder einer benutzten Fahrkarte entledigt. Er stand am Fenster und sah den dunklen Hof und den dunklen Wald dahinter.

Plötzlich zog etwas seine Aufmerksamkeit auf sich. Eine Kette von Bewegungen, weit draußen in den Schatten der Felder hinter dem Hof. Eine Gestalt glitt vom Schatten eines Baumes zum nächsten, so als wäre sie aus derselben Substanz wie die Dunkelheit. Sie bewegte sich mit Unterbrechungen, flink und behände, springend und dann innehaltend, verborgen und wieder sichtbar, in einer weit gestreckten Zickzack-Bewegung das Feld hinunter. Gracian spürte, wie sich die kleinen Härchen auf seiner Kopfhaut aufstellten, denn er glaubte, er sähe einen Geist, der von seinen konfusen Gedanken gelenkt sei. Aber je näher die Gestalt kam, die immer wieder aus der dunklen Erde hervorstürzte, desto mehr war Gracian von ihrer Echtheit überzeugt.

Schließlich erinnerte er sich an das Teleskop in seiner Hand. Er zog den Schrankkoffer mit dem Spann seines Fußes heran, stieg hinauf und versuchte dann, den oberen Abschnitt des Fensters weiter aufzudrücken, um besser sehen zu können, doch dieser gab nur ein paar Zentimeter nach, bevor er einrastete. Er hob das Teleskop.

Sie war weg. Es war dort nichts außer den Feldern und den Tümpeln der Dunkelheit und der unbewegten Luft, in der tief hängende Staubteilchen das Mondlicht zu fangen schienen. Als er das Teleskop in einer engen Parabel um sein Auge herumbewegte, wurde die Szene um ihn herum unruhig, erstarrte, um sich wieder aufzurichten, und erzitterte dann erneut, da fiebrige Neugierde ihn antrieb.

Und schließlich rührte sich wieder etwas. Der Geist hatte sich vom fernen Rand des Feldes gelöst und lief rasch über eine blassweiße Fläche. Der Junge konnte sehen, dass sich dahinter eine Spur von flachen Abdrücken im Schnee abzeichnete.

Fußspuren. Also war es eine wirkliche Gestalt. Also war es ein Mensch.

Ein rennender Mann.

Jetzt hatte der Mann das untere Ende des Feldes erreicht und war fast schon an der Begrenzungsmauer zum Hof, und als er dort war, blieb er stehen. Er beugte sich vor, um zu Atem zu kommen, deutlich sichtbar an der schwarzen Öffnung seines Mundes, und richtete sich dann wieder auf. Obwohl Gracian den Mann nun sehen konnte, die verschwommenen

Farben und Umrisse seines Körpers und sogar Einzelheiten von Mütze und Mantel, die ebenso schwarz waren wie Hose und Schuhe, konnte er doch nicht das Gesicht erkennen. Es bewegte sich ständig und zu viel Schatten lag darauf; die Mütze war so tief in die Stirn gezogen, dass deren dunkle Farbe auf die Haut darunter zu sickern schien.

Anstatt sich weiterzubewegen, machte der Mann den Anschein, als wartete er. Er hatte eine Hand in die Taille gestemmt, als hätte er Seitenstechen, und mit der anderen Hand strich er sich über das Kinn, sodass Gracian noch weniger von seinem Gesicht erkennen konnte. Der Mann blickte über das vom Fensterrahmen begrenzte Rechteck hinaus auf das Feld, und Gracian wusste, dass er keinerlei Möglichkeit hatte, das zu sehen, was der Mann sah.

Jetzt veränderte eine Gefühlsregung die Gestalt des Mannes. Sein Körper wurde lebendiger, seine Arme fuhren angespannt nach unten, und dann beugte er sich ein wenig vor, sodass Gracian ihn vom Fenster aus im Profil sehen konnte. Er winkte jemandem außerhalb von Gracians Gesichtsfeld zu, bewegte Hand und Arm in seine Richtung und formte unhörbare Worte mit dem Mund.

Dann kam eine ebenfalls schwarz gekleidete Gestalt von links angerannt.

Der Junge umklammerte sein Teleskop fester. Die Gestalt kam angerannt, und der Mann öffnete die Arme und umfasste sie, hob sie einen halben Meter vom Boden. Und an der Größe und den Bewegungen der zweiten Gestalt erkannte Gracian, dass es eine Frau war.

Der Mann und die Frau standen zusammen in der kalten Stille draußen. Dann blickte sich der Mann um und wies auf die Mauer, und plötzlich schwangen sich beide anmutig hinüber und waren im Hof.

Sie waren im Hof! Der Junge wich rasch vom Fenster zurück, weil er sich zum ersten Mal bewusst war, dass auch er gesehen werden konnte. Andererseits: Sie waren immer noch ziemlich weit entfernt und hatten kein Teleskop. Sie konnten ihn nicht sehen. Er schluckte hart und näherte sich wieder dem Fenster.

Sie saßen mit dem Rücken zur Mauer und der Mann sprach vornübergebeugt mit der Frau. Sie schien ihn nicht anzusehen, sondern sich auf ihren Atem zu konzentrieren, hatte das Kinn gesenkt und die gekrümmten Arme mit den Handflächen nach oben auf die ausgestreckten Beine gelegt, wie eine Puppe. Doch jetzt hob sie den Arm und legte dem Mann ihre Hand aufs Gesicht, sodass ihr Handballen auf seinem Ohr ruhte. Und diese Bewegung musste ein Zeichen gewesen sein, denn der Mann hörte auf zu sprechen. Er hörte auf zu sprechen und sie sahen einander lange Zeit an. Und dann näherten sich ihre Köpfe langsam zu einem Kuss.

Gracian dachte, ihre Lippen würden sich voneinander lösen, doch sie lösten sich nicht voneinander. Stattdessen verwandelte sich der Kuss. Er wurde zu einer Vereinigung, zu einer Suche nach der inneren Welt des anderen, bis beide Köpfe in der Dunkelheit zur Bewegung einer Einheit wurden. Und jetzt beugte sich der Mann vor und nach unten und saß nicht mehr, sondern kniete schon fast und drängte in die Frau. Erst lag seine Hand, dann sein Arm auf dem Bauch der Frau, und die Frau drängte sich ebenfalls zum Mann, drängte mit ihrem ganzen Körper zurück, und ihre Hände lagen auf dem Körper des anderen und bewegten sich langsam und dann schneller. Langsam und dann schneller, und der Kopf des Mannes war nun in der Halsbeuge der Frau vergraben, und seine Hände verschwanden irgendwo in der Dunkelheit ihrer Vereinigung, und obwohl das Mondlicht hell auf die bewegte Oberfläche ihrer Körper schien, waren die Gesichter nicht zu erkennen. Gemeinsam sanken sie nun in einer behutsamen Bewegung auf den strahlend hellen Boden; er konnte die straffen Falten auf den Ärmeln des Mannes sehen. Dann hob der Mann den Rumpf der Frau von unten an, sodass ihr Kopf locker nach hinten fiel und wieder nach oben kam, um den Kopf des Mannes in einem erneuten Kuss zu treffen, und ein Rhythmus lag in diesem Kuss. Es lag ein Rhythmus darin, wie der Mann nach unten langte, seine Hände über die schwarzen Falten ihres Rocks schob, den Gracian erst jetzt sah. Er schob seine Hände vor und hinauf, hob den schwarzen Stoff des Rocks, sodass ihre Schenkel weiß in der Nacht leuchteten. Und dann war er über ihnen, zwischen ihnen, und beide bewegten sich, bewegten sich gemeinsam und ihr Atem vereinigte sich in weißen Spiralen.

Und der Atem war Gracians Atem, der ihm laut in den Ohren rauschte, und ihre Finger waren seine Finger, die das Teleskop fest und ruhig hielten.

Und ihre Bewegung erfüllte ihn mit etwas, was er vorher schon gefühlt hatte, ohne es einzuordnen, und ihre Bewegung überzog sie beide mit Schnee, sodass der Boden unter ihnen ein dunkler, nackter Kreis war, und die Sterne ergossen großzügig ihr Licht über ihnen, und dann wurden sie langsamer und langsamer und langsamer, bis sie sich nicht länger bewegten, sondern erstarrten.

Auf seinem Schrankkoffer hatte sich Gracian in die Höhe gereckt, und jetzt rutschte er mit dem bestrumpften Fuß von der Rundung ab, sodass das Teleskop gegen den Fensterrahmen schlug. Unter der Haut konnte er seine Nerven und seine Muskeln spüren, und er brachte es kaum fertig, das Teleskop wieder zu heben.

Als er es schließlich tat, sah er, dass die beiden Gestalten rasch zurück über die Mauer sprangen, daran entlangglitten und das Haus umrundeten. Gracian rannte aus dem Zimmer. Er sprang die Treppe hinunter, nahm immer zwei oder drei Stufen gleichzeitig und kümmerte sich jetzt nicht mehr darum, ob er jemanden aufweckte, denn ein heißes Verlangen war in ihm aufgestiegen, und dann sprang er die letzten Stufen hinunter auf den Boden. Halb schlitterte, halb rannte er in die Küche und dort zum Fenster. Kein Geräusch war im Haus zu hören. Er presste Hände und Gesicht gegen das kalte Glas und starrte in die

Leere hinter der Mauer, obwohl er wusste, dass es zu spät war. Er wandte sein Gesicht und quetschte die Wange flach gegen das Glas. Viel weiter unten auf der Straße verschwanden zwei Formen wie flatternde, schwarze Stofffetzen im Schatten der Häuser.

Und obwohl er immer noch nicht ihre Gesichter gesehen hatte, hatte er doch genug gesehen. Genug vom träge schwingenden Gang – dem seinen so ähnlich – und dem breiten Rücken der einen Gestalt, und genug vom Haar, dunkler noch als die Nacht, und von den langen, gelenkigen Armen der anderen. Er hatte genug gesehen. Er kannte Paweł Sófka und er kannte Anna Malewska; er kannte sie gut.

Ein neues Jahr. Januar 1941. Der Schneefälle ließen nach.

Im fernen Afrika kämpften die Briten, die Australier und die Deutschen um Tobruk.

In der folgenden Nacht wartete Gracian darauf, dass sie wiederkämen, doch sie kamen nicht. Auch in der Nacht darauf wartete er, doch sie kamen immer noch nicht.

Zwei Nächte später, um drei Uhr morgens, war der Mann wieder da, rannte über das Feld. Als er dieses Mal die Mauer vom Hof erreichte, blieb er stehen und Gracian erhaschte den ersten, entscheidenden Blick. Es war wirklich Paweł. Außer Atem und nach Luft schnappend. Aber Anna kam in dieser Nacht nicht zu ihm und kurze Zeit später war er verschwunden.

Die darauf folgenden zwei Wochen wartete Gracian und er schlief häufig ein paar Stunden am frühen Abend, um genügend Kraft für die Nacht zu haben. Fünfmal sah er seinen Bruder aus dem fernen Wald auftauchen, und jedes Mal nahm er denselben Weg, der zum Hof hinunter und dann um ihn herum führte. Und fünfmal sah er, wie sich sein Bruder in die entgegengesetzte Richtung bewegte, wie er aus der Dunkelheit vor der Mauer auftauchte und dann in bewährter Manier zum Wald vordrang. Er tauchte immer an derselben Stelle zwischen den Bäumen auf, manchmal eine Stunde später, manchmal zwei, manchmal mehr, und kam wieder hinunter.

Ein- oder zweimal dachte Gracian, er hätte weitere Gestalten am Waldsaum herumhuschen sehen, doch sicher war er sich nicht. Manchmal schien Paweł wie früher schon einmal auf jemanden oder etwas zu warten, das Gracian nicht sehen konnte. Aber falls er auf Anna wartete, dann umsonst.

Zuerst hatte er sich gefragt: Kamen sie jede Nacht hierher? Hatte er diese stille Gemeinschaft so dicht unter seinem Fenster vorher übersehen? War es ihre Gewohnheit, sich zu treffen, sich zu küssen und auf dem kalten Boden des Hofs aufeinander zu liegen? Aber warum sollten sie das tun? Aus Notwendigkeit? Oder weil es ihnen gefiel?

Zuerst hatte er sich gefragt: Wollte Paweł, dass er das alles sah?

Doch als er bemerkte, dass sein Bruder immer häufiger kam und ging, und zwar ohne Anna, erkannte er langsam, dass er eine andere Gemeinschaft übersehen hatte. Eine andere Gemeinschaft, die größer war als die, welche ihn dazu getrieben hatte, stundenlang mit dem Teleskop in den Händen zu warten, und das trotz verzweifelter Erschöpfung, weil seine Nerven vor Erwartung und Verlangen zitterten.

Um den Hof herum, über das Feld, in den Wald; da ging etwas vor sich.

Gracian hatte gegenüber Paweł Neugier empfunden, seit er sich überhaupt an etwas erinnern konnte, was er für bedeutsam hielt. Er hatte gelernt, sich daran zu gewöhnen, wie an alles andere; aber diese neue Entdeckung, von der Paweł nichts wissen konnte, hatte einen winzigen Deckel in ihm angehoben, und er hatte gespürt, wie er sich anhob, und jetzt machte ihn die Unwissenheit krank. Er wollte jetzt etwas wissen, *irgendetwas.*

Denn möglicherweise war Paweł in Gefahr. Denn außerhalb seines eigenen Lebens gab es noch ein anderes Leben. Denn er hatte etwas im hellen Mondlicht gesehen, zwei Körper, die so ineinander verschlungen waren, dass es unmöglich schien, sie zu trennen.

Zuerst fragte er seine Schwester, suchte sie nach der Arbeit in ihrem Zimmer auf. Er hatte sich rasch in den Duschräumen gewaschen und der Kohlenstaub haftete ihm noch an den Händen, in den Falten seines Nackens und unter den Fingernägeln.

Er klopfte an die Tür, stieß sie auf und blieb verlegen im Türrahmen stehen. Franciszka saß mit dem Baby an der Brust auf dem Bett und hielt mit einem Finger geschickt die Bügelfalten ihrer Bluse auseinander. Bei seinem Klopfen blickte sie gedankenverloren auf. Ihr Gesicht glänzte, ihre Miene zeigte Besorgnis.

»Gracian. Was ist los?«

Er hatte sich den ganzen Tag darauf vorbereitet, aber jetzt verließ ihn die Kraft. Er blieb einfach mit den Händen in den Taschen im Türrahmen stehen und strich mit der Stiefelspitze über den Staub am Boden.

»Was gibt es, Bruder? Siehst du nicht, dass ich beschäftigt bin?«

Das Baby konnte nicht mehr saugen und machte entsprechende Bewegungen mit seinem Mund, öffnete und schloss ihn immer wieder. Seine Augen wanderten hin und her und mit seinen kleinen Händen griff es suchend in die Luft. Franciszka drückte es wieder an sich und rückte es an die richtige Stelle.

»Franciszka … ich … ich habe nachgedacht.«

»Worüber?«

»Ach, nichts. Es ist nichts.«

Das Baby fing an, Geräusche von sich zu geben, die an Wasser in einem Rohr erinnerten.

»Was willst du dann noch hier? Was beschäftigt dich?«

»Ich habe über Paweł nachgedacht.«

»Ach ja? Tja, er hat in letzter Zeit einiges getan, worüber sich nachzudenken lohnt.«

»Hat er? Was denn? Was hat er getan?«

»Sei nicht so dumm, Bruder. Zuerst hat er sich geweigert, eine Arbeit anzunehmen. Dann hat er sich mit Józef geprügelt. Ist aus dem Haus gestürmt. Hat sich nie nach uns erkundigt. Mir ist es egal, dass er jetzt eine Arbeit hat, er muss sich entschuldigen. Es muss doch so etwas wie Respekt geben. Verstehst du, Gracian, unter Familienmitgliedern muss es Respekt geben, vor allem heutzutage.«

»Ja. Aber …«, Gracian fuhr sich mit der schmutzigen Hand über die Haare und hinterließ einen Striemen auf seiner Stirn. »Aber ich habe über früher nachgedacht. Über Paweł, wie er früher war. Als ich noch klein war. Ich weiß, dass er da ein paar Dinge gemacht hat. Nur erzählt mir niemand, was genau. Ich …«

Da seufzte Franciszka laut und das Baby erschreckte sich glucksend.

»Oh«, sagte sie ausdruckslos. Sie senkte das Baby auf ihren Schoß und fing an, es langsam auf ihrem Knie zu schaukeln. Auf und nieder, auf und nieder. Das Baby gab einen Laut von sich, der sich anhörte wie *Schah!*, und verstummte.

Ein starrer Blick trat in Franciszkas braune Augen unter den glänzenden Lidern. Sie blickte ihren Bruder an.

»Hör zu, Gracian«, sagte sie dann. »Ich habe genug zu kämpfen. Genug eigene Schlachten. Ich habe nicht auch noch die Zeit für diese und noch weniger für Schlachten in der Vergangenheit. Frag jemand anderen, Bruder. Oder besser doch nicht. Frag niemanden. Frag überhaupt nicht.«

Mehr hatte sie nicht zu sagen. Schweigend richtete sie das schwankende Kind auf ihrem Schoß auf und knöpfte sich langsam wieder die Bluse zu.

Gracian nickte mit gesenktem Blick, griff nach dem Türknauf und zog die Tür behutsam wieder zu. Als nur noch ein winziger Lichtstreifen zwischen Tür und Rahmen zu sehen war, hörte er erneut Franciszkas Stimme.

»Gracian«, sagte sie. »Vergiss es einfach. Eines Tages wirst du es erfahren. Du hast dir nur einen schlechten Zeitpunkt ausgesucht, das ist alles. Einen schlechten Zeitpunkt für uns alle.«

Zwei Tage später hatte er die Möglichkeit, das Thema bei Kukła anzuschneiden. Irgendwie hatte er das Gefühl, dieser hagere, zurückhaltende Mann würde gern darüber sprechen. Doch er täuschte sich wieder. Sie saßen in der Dämmerung allein in der Küche. Es war einer dieser extrem hellen Tage gewesen, die Schneedecke blinkte wie eine Spiegelfolie unter der hoch stehenden, weißen Sonne, sodass die Felder sich in gleißende Feuerstreifen verwandelten, deren Anblick in den Augen schmerzte. Erst der Abend brachte Erleichterung.

Kukła stopfte sich gerade eine Pfeife und las einen seiner Romane. *Latarnik – Der Leuchtturmwärter.* Das war sein Lieblingsbuch. Seit Gracian ihn kannte, hatte er es schon sechs- oder siebenmal gelesen. Als er sich zu ihm setzte, blickte Kukła kurz auf, sagte: »Hallo, Junge«, und verfiel wieder in Schweigen.

Nach einer Weile sagte Gracian: »Es ist immer noch kalt.«

Dieses Mal blickte Kukła weder auf noch unterbrach er seine Lektüre.

»Das dauert noch eine ganze Weile.«

»In der Bäckerei muss es warm sein.«

»Viel zu warm. Wie in der Hölle, Junge.«

Gracian zog die Nase hoch und lehnte sich in seinem Stuhl zurück, dass die Lehne knackte.

»Ich frage mich, was Paweł so macht.« Er versuchte, geistesabwesend zu wirken, so als wäre diese Frage ihm unwillkürlich über die Lippen gekommen und eher an die Luft gerichtet.

»Erwähne diesen Namen nicht in meiner Gegenwart«, sagte Kukła, ohne seinen Tonfall zu verändern.

Es war sehr still. Vielleicht fiel wieder Schnee, denn wenn der Schnee fiel, schien jedes andere Geräusch gedämpft. Irgendwo im Haus ächzten die Balken.

»Ich dachte ja nur«, sagte der Junge.

Bedächtig legte Kukła das geöffnete Buch mit dem Rücken nach oben auf den Tisch.

»Dein Bruder ist wie ein Tier. Das musst du immer im Kopf behalten. Er meint, er hätte etwas Geheimnisvolles an sich, er meint, er könnte zaubern wie ein Magier im Zirkus mit seinen Blumen im Ärmel. Aber er hat nichts davon. Nur seine eigene, dreckige, tierische Selbstsucht. Vergiss das nicht, Junge. Und wag es nicht, ihn hierher zu bringen und deine Mutter und den Rest der Familie aufzuregen.«

Er stieß seinen Stuhl zurück, stand auf, nahm seine Pfeife und verließ den Raum. Gracian blieb sitzen und starrte auf das aufgeschlagene Buch vor ihm und auf dessen Spiegelbild auf dem polierten Holz. Nach einer Minute kam Kukła zurück, nahm das Buch, steckte es sich unter den Arm und verschwand erneut.

Seine Mutter fragte er nicht. Von ihr erwartete er nichts.

An Gerard Dylong dachte Gracian erst später, während seiner Schicht, nachdem sie die erste Sprengladung des Morgens gezündet hatten. Seit neuestem schienen sich Dylongs Bemühungen, die Schwefelvorkommen zu finden, intensiviert zu haben. Jetzt fuhr er nicht mehr nur mit der Hand über die Kohle, jetzt lehnte er sich mit dem ganzen Körper dagegen, hob beide Hände und beschrieb mit ihnen langsam einen Kreis. Dann flatterten seine großen Hände rasch über das Gestein, und auch seine Augenlider flatterten, und seine rosa Zungenspitze reckte sich zwischen seinen Lippen hervor. Es war erheiternd und auch ziemlich merkwürdig, diesen riesigen Mann so an die Wand gepresst zu sehen, und Gracian senkte meistens die Augen oder kümmerte sich um den Sprengstoff, wenn Dylong in dieser Haltung seine Untersuchung betrieb.

Vergebens waren Dylongs Bemühungen nicht gerade. Mit seinen Angaben, wo der Sprengstoff zu platzieren sei, erzielten sie Rekordmengen von Gestein nach jeder Explosion. Und weil danach nie auch nur eine Spur von Schwefel zu sehen war, trieb Dylong sich selbst und Gracian beim Verladen an, damit sie schnell wieder sprengen konnten, und Gracian spürte die Erschöpfung durch seine Nachtwachen nicht mehr, weil Dylong ihm Kraft verlieh, die direkt aus seiner getriebenen Seele zu entspringen schien.

»Bohr *da*, nicht *dort*«, sagte Dylong jetzt und wies auf seine Markierungen. »Und vertu dich nicht, Galileo, vertu dich niemals.«

Als Gracian Dylong an der Gesteinswand lehnen sah, überkam ihn die Idee nahezu mit der Macht einer Enthüllung. Plötzlich erinnerte er sich daran, dass er den Veteranen einmal gefragt hatte, woher seine Fähigkeiten kamen. Bei dieser Gelegenheit hatte Dylong seine Hacke auf den Boden gestellt und die Arme verschränkt.

»Die Kohle ist ein Geheimnis, das entschlüsselt werden muss«, hatte er gesagt. »Zuerst musst du dich mit dem Wesen des Geheimnisses vertraut machen. Dann kannst du anfangen, nach der Lösung zu suchen.«

Er wartete, bis sie sich wie gewöhnlich hingesetzt hatten, mit dem Rücken an den Holzträgern lehnten und eine filterlose Zigarette hin- und hergehen ließen, deren Glut im schwachen Licht der Karbidlampe zu sehen war. In der Stille fragte Gracian sich, was Dylong mit der Lösung meinte, von der er gesprochen hatte. Er fragte sich, wann genau Dylong zu dem Schluss gekommen war, dass es auf das Geheimnis der Kohle nur eine einzige Antwort gab: Schwefel, gelb und rein.

Was für ein Fluch war es doch, dachte Gracian, die Antwort zu kennen und nie bestätigt zu sehen.

Er nahm einen tiefen Zug, lehnte seinen Hinterkopf an die Wand und spürte, wie der Rauch seinen Körper mit seinem übel riechenden Atem erfüllte. Er schloss die Augen, sah durch die Lider das rötliche Licht und reichte Dylong die Zigarette zurück. Tief im Innern seiner Arme schmerzten seine Sehnen.

»Schön, schön, schön«, murmelte Dylong und schüttelte den Kopf, ob ungläubig oder traurig, war nicht auszumachen, dann flüsterte er: »Nächstes Mal, nächstes Mal.« Er nahm die Zigarette, setzte sie an die Lippen, zog an ihr und atmete den Rauch durch Nase und Mund aus. Er versuchte, ein paar Tabakkrümel an seiner Lippe durch Spucken zu entfernen, machte ein Geräusch wie *thpt, thpt*, gab es schließlich auf und entfernte sie ungeschickt mit seinen mächtigen Fingern.

»Dylong?«, sagte Gracian und wandte seinen Kopf in Dylongs Richtung.

»Was ist, Galileo?«

»In deinem Leben. Da hast du doch eine Menge gesehen?«

Dylong gab ein Lachen von sich, das sich sofort in ein Husten verwandelte. Er beugte sich vor und presste seine breite, kräftige Brust gegen die Knie. Er blickte Gracian an, dann blickte er wieder auf seine Knie. Er nahm ein Stück von dem Geröll, das vor ihm auf dem Boden lag, und bewegte es auf seiner Handfläche. Dann endlich fing er an zu sprechen.

»Vierzig Jahre in der Grube. Fing mit zwölf an. Sah zwei Einbrüche. Beim schlimmeren fünfundzwanzig Tote, zehn davon sechs Stunden eingesperrt, erstickt im Kohlenstaub. Sah, wie die Menschen in diesem Dorf sich erhoben und ihre Identität fanden, zwei lange Monate im Frühjahr 1921. Dazu war mehr nötig als eine Abstimmung – Blut war nötig, Junge, viel Blut, und zwar bis weit in die Vergangenheit. Sah, wie mein eigener Vater 1919 von den Freikorps in der Brust verletzt wurde. Er sprach später kaum darüber.

Hatte Frauen, viele junge Frauen. Wunderschöne Frauen. Hatte die beste Ehefrau von allen. Hatte einen Sohn. Nicht lange, aber ich hatte einen. Einen wunderschönen Sohn. Sah, wie die Deutschen in Konvois über die Hügel kamen, bleich und ausgezehrt wie alte Frauen. Sah, wie sie sich den Mund voll stopften mit polnischer Wurst, polnischem Brot und polnischer Butter, bis sie sich auf dem Feld die Seele aus dem Leib schissen. Sie schissen und kotzten sich die Seele aus dem Leib, direkt aufs Feld, so wahr ich hier sitze.«

Er nickte in die Leere vor sich.

»Man könnte schon sagen, dass ich einiges gesehen habe, Galileo. Man könnte sagen, meine Augen sind voll von dem, was ich gesehen habe.«

Gracian wog seine Wort sorgfältig ab.

»Denkst du je darüber nach?«, fragte er. »Über die Vergangenheit?«

»Die Vergangenheit sollte sich selbst überlassen werden«, sagte Dylong.

»Ich habe darüber nachgedacht«, sagte Gracian.

Dylong sah zu ihm hinüber. Seine Haut war faltig und gerötet, Spuren von Kohle hatten sich in ihr eingegraben. Der Anflug eines Lächelns hob seine Wangenknochen.

»Ha«, sagte er.

»Ich habe schon gelebt«, sagte der Junge. »Und da sind Dinge passiert. Menschen haben Dinge getan. Ich weiß, dass sie Dinge getan haben, und ich will etwas darüber erfahren. Es ist Zeit, dass ich etwas darüber erfahre, Dylong.«

»Was regst du dich so auf?«, sagte Dylong und wandte sich ihm zu. »Was für Menschen meinst du?« Er hatte seine Stirn in Falten gelegt.

»Menschen wie mein Bruder. Wie Paweł.«

Dylong schloss seine Hand, zerdrückte das Gestein darin zu Staub und ließ den Staub in Strömen durch seine Finger rieseln. Dann schlug er die Hände gegeneinander und stand auf.

»Es ist Zeit, zu gehen«, sagte er. »Sonst denken sie noch, wir wollten noch eine Schicht schieben«, sagte er.

Er richtete sich auf, fuhr mit den Händen über seinen Overall und fing an, seine Sachen zusammenzusuchen: Spitzhacke, Schaufel, Bohrer, Bohreinsätze, Anthrazit.

Gracian sah ihn aufgewühlt an. »Weißt du etwas?«, fragte er und bemühte sich, seine Stimme unter Kontrolle zu halten, denn er wusste, wie schnell Dylongs Laune umspringen konnte. »Dylong, Dylong, weißt du etwas?«

Und Dylong schnallte einfach nur seine Segeltuchtasche mit dem Zinn und den Bohreinsätzen zu, legte den Tragriemen schräg über den Rumpf, schwang sich den Bohrer über die Schulter, schob die Schaufel unter den Riemen und ging langsam auf die Biegung der Wand zu, hinter der die Förderzüge zum Aufzugschacht losfuhren. Gracian stieß sich in die Höhe und rannte hinter ihm her. Und obwohl er nicht wesentlich kleiner war als Dylong, fühlte er sich, als wäre er nur knapp halb so groß. Er rannte und überholte Dylong, und dann baute er sich mit ausgestreckten Armen vor ihm auf, ohne zu wissen, was er eigentlich tun wollte. Er befürchtete einen Ausbruch von Gewalt. Er fühlte, wie Zorn seinen Magen zusammendrückte. Dylong sah ihn an.

»Aus dem Weg, Galileo«, sagte er ruhig.

»Bitte«, sagte der Junge mit leiser Stimme. »Bitte sag mir, was du weißt. Über Paweł.«

Und Dylong sah ihn weiter mit seinen wintergrauen Augen an.

Unversehens war Gracian der Zorn bis in die Kehle gestiegen und drückte ihm nun die Luft ab. Er konnte keine Worte finden, seine Lippen bewegten sich, doch nichts kam heraus. Er spürte, wie sein Gesicht dunkelrot wurde. Mit rasenden Gedanken stand er so vor Dylong.

»Wie kann ich mir eine Vergangenheit verdienen,

wenn niemand sie mir erzählen will?«, fragte er schließlich.

»Ah. Aber wir sprechen doch nicht über deine Vergangenheit, oder?«, sagte Dylong.

»Aber ja doch! Es ist meine Vergangenheit, siehst du das nicht? Meine Familie. Meine Vergangenheit.«

Mehr brachte er nicht heraus.

Dylong sah ihn an. Er atmete geräuschvoll durch die Nase aus. Er verlagerte den Bohrer von einer Schulter zur anderen. Schließlich stieß er einen Seufzer aus.

»In Ordnung«, sagte er.

Schweigend fuhren sie zum Aufzugschacht, und der Aufzug erzitterte, bohrte sich zur Erdoberfläche, und sie traten ins Tageslicht.

Sie stoppten den Wasserfluss in den Karbidlampen, löschten die Lampen, gingen zur Materialausgabe, gaben den Bohrer, die Bohreinsätze und den übrig gebliebenen Sprengstoff ab und gingen dann zu den Schließfächern. Dort zogen sich ein paar Männer um, daher führte Dylong den Jungen zu einem Platz weiter hinten, wo die zahlreichen Mäntel und Jacken herunterhingen wie abgestreifte Häute, und setzte ihn dazwischen.

Dylong nahm ihm gegenüber Platz und blickte sich misstrauisch um, als befürchtete er, heimlich belauscht zu werden. Dann lehnte er sich zu dem Jungen hinüber, sodass die Schatten der Mantelzipfel sich auf seinem Gesicht ausbreiteten wie Fledermausflügel.

»Dann hör zu«, sagte er schließlich. »Hör gut zu, Galileo.«

Und Gracian hörte zu. Er lauschte auf die Stille zwischen Dylongs Atemzügen, als könnte diese Stille ihm einen einzigartigen Schatz übermitteln. Er wurde ganz Ohr, und seine Verwandlung war so stark, dass er das Gefühl hatte, auch die Wände und die Bänke und Schließfächer um ihn herum würden zuhören.

Und dann fing Dylong an zu sprechen.

»**Es muss vor zehn** oder elf Jahren gewesen sein. Es waren schwierige Zeiten für uns alle – wahrscheinlich wirst du dich daran nicht erinnern können, oder, Galileo? –, aber es waren wirklich harte Zeiten. Zwar waren alle Geschäfte zum Bersten gefüllt. Nicht so wie heute in diesen brotlosen Zeiten. Aber das Geld war damals so knapp, dass es kaum einen Unterschied machte. Und Arbeit war auch knapp. Arbeit vor allem. Wenn du nicht schon Arbeit hattest, warst du in ernsten Schwierigkeiten. Deshalb danke ich Gott immer noch jeden Tag für die Gruben, und ich danke ihm zweimal, dass er uns mit der Kohle gesegnet hat. Verstehst du, Galileo? Denn das Erste, was du wissen musst, ist, dass ein Mann seltsame Dinge tut, wenn er nicht arbeiten kann.

Vor elf Jahren. Du warst ein vier Jahre alter Junge, ein ganz kleiner Wurm. Dein Vater lebte noch. Dein Bruder war, meine ich, etwa in deinem Alter. Ein bisschen älter. Ein Mann, nur dass er noch nicht wusste, was einen Mann ausmacht. Er war schon immer ziemlich seltsam, dein Bruder. Hatte seine eigenen Ansichten und hielt an ihnen fest. War starrköpfig, mied Gesellschaft. Aber er war stark, ein Kämpfer, der immer in Schlägereien geriet und auf die eine oder andere Weise die Leute gegen sich aufbrachte. Obwohl er leicht in Rage geriet, suchte er nicht wirklich nach Ärger. Er zog ihn einfach an.

Es war natürlich auch die Zeit, in der er anfing, Anna Malewska den Hof zu machen. Und du kannst dir sicher vorstellen, nicht wahr, Junge, dass er sich mit einer ganzen Anzahl von Nebenbuhlern, gleichaltrigen und älteren, herumschlagen musste. Manchmal erschienen sie vor seiner Haustür und forderten ihn zum Kampf auf, manchmal kehrte er blutverschmiert nach Hause zurück, aber meistens erledigte er sie im Handumdrehen. Er hatte einen dementsprechenden Ruf, obwohl er so jung war. Einen richtiggehenden Ruf. In diesem Dorf hat er ihn immer noch.

Aber die junge Anna liebte ihn nicht deswegen, Galileo. Du musst wissen, dass Anna ihm deswegen immer Vorhaltungen machte, ihm den Kopf wusch und ihn dazu brachte, sich dafür zu schämen. Anna war schon immer die Einzige, die ihn im Griff hatte. Nein, sie liebte ihn aus anderen Gründen, die nur sie selbst kannte, und jeder konnte sehen, dass sie einen anderen Mann noch nicht mal anschauen würde. Trotz all der Dinge, die sie von ihnen hätte haben können. Trotz ihrer Schönheit. Keinen anderen Mann. In Wahrheit galt immer nur »Anna und Paweł«, so als wären sie das Modell der Liebe selbst, so als stünden ihre Namen nebeneinander im Buch der Liebe. Oder in den Sternen, was, Galileo?

Jedenfalls hatte dein Bruder das Lederhandwerk gelernt, seit er etwa vierzehn war, aber da er ständig in Schwierigkeiten geriet und auch so seine Marotten hatte, brachte er seinen Lehrherrn gegen sich auf – den alten Manasik, der vor ein paar Jahren vom vielen Wodka starb. Manasik befahl deinem Bruder, sich zu beherrschen, sonst würde er die Lehre bei ihm nicht zu Ende machen können, und das bei so vielen Arbeitslosen und angesichts der Tatsache, dass er noch bei seiner Familie wohnte, da würde er es wohl für den Rest seines Lebens bereuen. Paweł war sechzehn, als Manasik mit seinen Drohungen anfing. Paweł ließ sich das ein halbes Jahr lang gefallen, dann bröckelte seine Geduld wie Kohle unter verrottenden Krageisen, und eines Nachmittags schleuderte er einen halb fertig gestellten Sattel direkt in Manasiks Magengrube und warf ihn so zu Boden. Wenn Manasik nicht so ein fetter Sack gewesen wäre, ich glaube, es hätte mit einer Verletzung oder Schlimmerem geendet, so groß war die Wucht.

So verließ Paweł das Lederhandwerk.

Tatsache ist, Galileo, dass deine Mutter und dein Vater nie davon wussten. Franciszka fand es später heraus, aber sie erzählte es ihnen nicht, weil sie sie nicht aufregen wollte. Deine Mutter und dein Vater erfuhren es erst, als es schon zu spät war. Das ist das Zweite, das du in dieser Angelegenheit begreifen musst. Zwar hatte Paweł ihnen wahrheitsgemäß gesagt, dass er nicht mehr bei Manasik in Diensten stand, er hatte ihnen aber auch erzählt, dass ein Gerber aus der Nähe von Pietraszowice, dem Geburtsort deiner Mutter, ihn bei sich haben wollte. Das war eine Lüge. Die Lüge, die dein Bruder herumerzählte. Und mit viel List und Mühe hielt er diese Lüge aufrecht. Siehst du, Junge, Paweł fing wirklich an, in der Nähe von Pietraszowice zu arbeiten, aber nicht so, wie er es deiner Familie erzählt hatte. Und er kam genau zu den Zeiten nach Hause, die bei einer harten Lehre zu erwarten waren, blieb wegen der Entfernung auch oft über Nacht weg. Er hatte für den Fall vorgesorgt, dass deine Mutter und dein Vater nachfragen sollten, und einen Mann aufgetrieben – er nannte sich Jorg Mroncz und war Täschner und Sattler –, der für ihn bürgte, was auch viele andere für ihn getan hätten, denn Paweł konnte gut Beziehungen knüpfen, wenn er sie brauchte, und das schnell.

Als Nächstes musst du begreifen, dass Paweł seine neue Unternehmung nicht allein aufzog. Selbst jemand wie Paweł hätte nicht das nötige Wissen dafür haben können, oder die notwendige Entschlossenheit. Um Entschlossenheit zu gewinnen, musst du andere in deiner Umgebung haben, die diese Entschlossenheit nähren. Also passierte Folgendes: Nachdem ihn Manasik auf die Straße geworfen hatte, geriet Paweł in schlechte Gesellschaft. Nicht etwa aus diesem Dorf, bewahre, aber aus der Umgebung. Eine umherziehende Truppe von arbeitsscheuen Kleinkriminellen, Galileo, ein ziemlich übler Haufen. Einer oder zwei von ihnen hatten von Pawełs Schwierigkeiten und außerdem von seinen Schlägereien und seinem Temperament gehört. Sie kamen auf ihn zu, luden ihn ein, mit ihnen ein, zwei Flaschen Wodka zu trinken und mit ihnen zu rauchen, und sie überredeten ihn, bei ihnen mitzumachen. Und auch, wenn dein Bruder durch die Entscheidung, die er an diesem Tag traf, deiner Familie große Probleme beschert hat, Junge, muss ich doch ehrlich sagen, dass ich ihm nie einen Vorwurf gemacht habe. Was konnte er schon tun? Ohne Arbeit und die Möglichkeit, zum Unterhalt der Familie beizutragen. Ohne Aussicht, in unserem Dorf Arbeit zu finden. Bestrebt, Annas Liebe zu bewahren, und jung; jung und hitzig. Vielleicht hätte ich dasselbe getan, Galileo, unter diesen Voraussetzungen. Denn was ist ein Verbrechen, wenn nicht das düstere Spiegelbild der Gesetze, die dazu erschaffen wurden, einen Menschen zu knebeln? Und es sind immer die Jungen, die zuerst am Knebel ersticken.

Hast du es schon erraten, Galileo? Ich sehe an deinem weit aufgesperrten Mund, dass du es nicht erraten hast. Also werde ich es dir sagen: Schmuggel. Dein Bruder wurde an diesem Tag ein Schmuggler. Du hättest es erraten müssen, als ich die Umgebung von Pietraszowice erwähnte. Denn was gibt es dort sonst außer Wäldern? Wälder, so dicht und wild wie die hier von Maleńkowice. Und wie weit reichen diese Wälder? Ein paar Kilometer bis auf deutschen Boden, Junge. Und die Polizei hat keine sichere Methode, die Grenze dort zu überwachen. Es gibt einfach zu viel Wald dort. Doch die Schmuggler hatten Jahre damit verbracht, die geheime Sprache der Büsche und Bäume zu erlernen, die Spuren und Fährten, die hindurchführen und die Grenze nach Deutschland kreuzen. Und Paweł lernte diese Wege ebenfalls kennen, und, wie es die Geschichte will, besser als all seine Kumpanen.

Schmuggel, Galileo, war damals keine kleine Sache. In dieser Zeit, in der es in Polen und Deutschland gleichermaßen kaum Arbeit und Geld gab, waren viele Bauern darauf erpicht, geschmuggelte Waren zu kaufen und zu tauschen. Das Geld, das man mit Schmuggel bekommen konnte, war oft viel weniger erstrebenswert als getauschte Waren. Es gibt Sachen in Deutschland, die man hier nur schwer bekommen kann, und umgekehrt war es genauso. Eine bestimmte Sorte in Deutschland erhältlicher Orangen. Feigen. Eine bestimmte polnische Pferderasse. Solche Sachen wurden also geschmuggelt. Über die Grenze und zurück, durch den Wald. Paweł lernte das Geschäft schnell, lernte, wie man die Bewegungen der Grenzposten im Auge behielt, die manchmal deutsche Felder durchstreiften. Lernte, sich einen einsamen Weg durch den Wald zu suchen und ihn sich einzuprägen. Licht verriet einen allzu leicht; weit besser war es, in der Dunkelheit zu laufen. Und schließlich lernte er, stets am selben Punkt den Wald zu betreten und wieder zu verlassen, denn sonst hätte man sich verirrt. Und verirrte man sich, wurde man geschnappt.

Ich habe gehört, dass dein Bruder ganze Pferdeherden nach Deutschland schmuggelte. Zusammen mit anderen bat er Bauern, die als nicht abgeneigt galten, jedes entbehrliche Tier gegen Geld oder Waren abzugeben. Ich fürchte, sie rundeten die Anzahl der Tiere auf, indem sie bei Bauern stahlen, die nicht verkaufen wollten. Sie nahmen hier und da ein Tier, das unbewacht, mit wehender Mähne und schnaubenden Nüstern auf den Feldern herumlaufen durfte. Und dann, tief im Herzen der Nacht, banden sie die Pferde aneinander und beförderten die ganze Herde, die mit den Hufen stampfte, mit den Nüstern schnaubte und mit den Augen rollte, durch den Wald und in Wagen, die am anderen Ende warteten. Das ist schon etwas, Galileo, nicht? Das ist schon etwas.

Und die ganze Zeit über glaubten deine Mutter und dein Vater, dass er für den Täschner arbeitete, denn er brachte Taschen und Geldbörsen als Geschenke mit nach Hause, um sie in diesem Glauben zu belassen. Tatsache ist, mein Junge, dass Eltern ihrem Kind nicht misstrauen wollen. Kein Elternteil will den Schmerz einer solchen Entdeckung, egal, wie stark das Gefühl ist, dass es etwas zu entdecken gibt. Also glaubten sie es, mit und ohne Geschenke, und Paweł fuhr mit seinen Grenzüberschreitungen fort. Natürlich fand Franciszka es schließlich heraus. Sie entdeckte zwei Säcke mit frischen Orangen unter seinem Bett. Sie war schon immer ein schlaues Mädchen, und neugierig dazu, neugierig wie alle Sófkas zu sein scheinen, aber Paweł rang ihr das Versprechen ab, es nicht weiterzuerzählen, und sie stimmte zu, weil sie keinen Ärger im Haus haben wollte.

Trotzdem muss sie sich Sorgen gemacht haben. Denn einige Zeit später, ich nehme an, nachdem sie sich gequält und die Sache hin und her überlegt hatte, erzählte sie Anna Malewska davon. Und Anna war zornig. Niemand von uns hat je solchen Zorn gesehen, obwohl wir natürlich nicht wussten, was ihn erregt hatte. Ihre Augen glühten, ihr Haar loderte wie schwarzes Feuer, als sie durchs Dorf zum Bahnhof marschierte. Sie ging an diesem Abend zu Paweł und verlangte von ihm, die Schmuggelei aufzugeben, und zwar sofort.

Siehst du, Galileo, sie war ein Falkner und Paweł war ihr Falke. Sie ließ ihn beizeiten fliegen, ließ ihn draußen jagen und im Sturzflug niedergehen und für Unruhe sorgen, aber stets in einem begrenzten Radius um sie herum. Und wenn sie meinte, es sei an der Zeit, rief sie den Falken zurück und erinnerte ihn daran, wer sich um ihn kümmerte, von wem er abhängig war. Und dann wurde er so harmlos wie ein ganz normaler Gockel. Von allen Männern im Dorf begriff Paweł das am besten. Er wusste um seine Abhängigkeit.

Und wegen dieser jungen Frau erklärte sich der junge Mann Paweł Sófka, der kaum älter war als du, erinnere dich, bereit, sich einen anderen Lebensunterhalt zu suchen. Wenn er das früher getan hätte, wäre alles vielleicht ganz harmlos weitergegangen und niemandem wäre geschadet worden. Wer kann das sagen, wer kann sagen, welches Ergebnis ein geworfener Würfel zeigen wird? Niemand, Junge. Nicht einmal ich, obwohl ich ein alter Hase im Spiel der menschlichen Möglichkeiten bin. Denn Annas Appell kam nur ein paar Tage zu spät.

Paweł hatte sich schon bereit erklärt, noch eine Nacht durch den Wald zu laufen, und zwar von Samstag auf Sonntag. Es ging um kleine Ware: Obst und Fisch. Er hatte den anderen sein Wort gegeben, und wie du weißt, ist Paweł ein Mann, der zu seinem Wort steht. Bei Paweł ist das Wort Handeln und zwischen den beiden gibt es keine Kluft. Er kann genauso wenig sein einmal gegebenes Wort brechen, wie er die Zeit zurückdrehen kann. Und außerdem, Junge, wenn du mich fragst, so muss er genau gewusst haben, dass das Brechen eines Paktes unter Schmugglern gleichbedeutend ist mit der Besiegelung des eigenen Todes.

Also machte er sich, ohne Anna etwas davon zu sagen, auf, um seinen letzten illegalen Grenzübertritt hinter sich zu bringen. Für diesen Fall, vor allem, wenn es um kleine Ware ging, war es von der Gruppe üblicherweise vorgesehen, die Strecke zwischen zwei Männern aufzuteilen. Der eine transportierte die Ware die halbe Strecke und traf den anderen am Grenzpunkt, der im Wald oft unmarkiert war oder nur durch ein paar Pfähle angezeigt wurde, die auf der einen Seite polnische Farben, auf der anderen Seite deutsche aufwiesen. Der zweite Mann würde dann den Auftrag zu Ende bringen. So sollte es auch bei dieser Gelegenheit ablaufen. Paweł übernahm den ersten Teil, auf polnischer Seite.

Und so kam er in dieser Nacht in den Wald und er war fest entschlossen, dass es zum letzten Mal sein würde. Er trug zwei voll gepackte Säcke und eine Pistole. Der Weg, den er zu nehmen gedachte, war fest in seinem Kopf eingeprägt; wenn er die Augen schloss, befand er sich bereits darauf. Schlag Mitternacht begann er zu laufen. Ich wage zu sagen, Galileo, dass er auf dem Weg über vieles nachdachte – über Anna vor allem und das neue Leben, das sie bald miteinander beginnen würden. Es war wohl trotz der späten Stunde warm.

Schließlich erreichte er die verrotteten Grenzpfähle, die von Baumwurzeln zur Seite gedrückt worden waren. Er hatte kein Licht. Die Dunkelheit des Waldes umgab ihn mit ihren Geräuschen. Und der zweite Mann war nicht da. Ihm blieb nichts als die leere Nacht und das Warten. Also stand Paweł da und wartete und wurde langsam nervös. Der zweite Mann tauchte immer noch nicht auf. Und dann wollte Paweł gerade umkehren, erleichtert, da bin ich sicher, weil nichts passiert war und deshalb nichts schief gehen konnte, als er plötzlich auf der deutschen Seite jenseits der Grenze ein Geräusch hörte. Das Geräusch ertönte, dann verschwand es wieder und ertönte von neuem. Paweł zögerte. Er trat einen Schritt auf deutsches Gebiet. Dann einen zweiten, dann einen dritten. Das Geräusch schien vor ihm zu sein, und er machte noch ein paar Schritte, um ihm zu folgen, stets bereit, die kurze Distanz in die Sicherheit zurückzulegen.

Und dann tauchten aus der Dunkelheit Männer auf, drei oder vier. Mit Taschenlampen und Gewehren. Deutsche Polizisten. Dein Bruder drehte sich um und sah weitere hinter sich. Gefangen. Kein Weg zurück.

Männer, deren Geschäft der Betrug ist, betrügen einander nicht selten. Der zweite Mann hatte genau das getan. Vielleicht hatte er von Pawełs Plan Wind bekommen, die Gruppe zu verlassen, und wollte ihn bestrafen, vielleicht trennte er sich von ihm, bevor er eine gefährliche Belastung wurde. Vielleicht hatte er sich aber auch nur auf einen Handel mit den deutschen Behörden eingelassen. Sicher sagen kann man es nicht. Was auch immer der Wahrheit entsprach, Paweł jedenfalls blieb nichts anderes übrig als zu rennen, immer weiter in deutsches Gebiet hinein. Er ließ die Säcke fallen und flüchtete und die Polizei nahm die Verfolgung auf. Er rannte, bis er das Gefühl hatte, seine Lungen würden platzen. Er rannte und rannte. Er kannte den Wald gut, das verschaffte ihm einen Vorteil. Und er war schnell, so schnell wie ein aufgeschrecktes Wildpferd. Er rannte durch die Nacht und die Taschenlampen hinter ihm wurden immer kleiner. Und dann wurde geschossen. Schüsse dröhnten durch die Dunkelheit des frühen Morgens,

Galileo, lauter in diesem stillen Wald als eine Ladung Dynamit in einer Felswand. Es muss ein unglaublicher Lärm gewesen sein.

Aber Paweł entkam ihnen. Kein Schuss konnte ihn erreichen. Bis er schließlich nicht mehr konnte. Erschöpft fand er einen bizarr geformten und überwucherten Baumstumpf und ließ sich darauf nieder. Er konnte noch nicht einmal sicher sein, dass er seine Verfolger abgehängt hatte. Vielleicht fand er sich einfach mit der Möglichkeit ab, dass sich das Glück von ihm abgewendet hatte. Denn erzählt wird, dass Paweł noch nicht einmal versuchte, sich zu verstecken, und dass er auch nicht versuchte, sich weiterzubewegen. Er saß einfach nur da. Wartete auf irgendeine Veränderung. Vielleicht wollte er damit zu den Polizisten, zu allen sagen: »Macht mit mir, was ihr wollt, ich habe alles gegeben.«

Irgendwann hörte er eine Salve von Schüssen, die im Wald nachhallte, und nach und nach kam das Echo näher, und er saß immer noch da. Und dann kam aus dem Nichts eine verirrte Kugel, die willkürlich von einem Grenzposten abgefeuert worden war und nun ihr Ziel fand. Sie war durch das dichte Laub im Wald aufgehalten worden, und als sie Paweł traf, zuckte er kaum zurück. Sie traf ihn sanft, wie eine Nadel, die einen Reifen durchsticht, sodass Luft entweicht. Sie drang von links in seinen Brustkorb, schlich sich durch eine Rippe und streifte seine Lunge. Du hast doch die Narbe dort gesehen, oder nicht, Junge?«

(Und ob! Und ob er sie gesehen hatte! Tausendmal hatte er sie gesehen!)

Sie fanden ihn eine halbe Stunde später, er saß immer noch auf dem Baumstumpf und drückte mit einer Hand den Blutfluss ab. Er wurde auf der Stelle verhaftet. Als der Chef der deutschen Polizei zu ihm kam, schlurfend und keuchend vom vielen Rennen, da blieb er stehen und nahm seinen Revolver aus dem Halfter. Dann löste er den Verschluss, öffnete die Kammer und ließ eine der Kugeln herausfallen. Hielt sie in die Höhe, damit Paweł sie sehen konnte, hielt sie zwischen Daumen und Zeigefinger, dass sich das Mondlicht darauf spiegelte. Zeigte Paweł, was ihn getroffen hatte.

Der Rest, der Rest, tja, der Rest ist eine traurige Geschichte, Galileo. Vieles davon weißt du schon oder hast es gesehen, ohne den wahren Grund dafür zu kennen. Paweł lag drei Monate in einem Krankenhaus in Oppeln, und wurde dann für ein weiteres halbes Jahr ins Oppelner Gefängnis gesteckt. Als deine Eltern davon erfuhren, waren sie wirklich geschockt, das kann ich dir sagen. Deine Mutter tobte wochenlang und schrieb Paweł endlose Briefe, dass er Schande über die Familie gebracht und ihr Vertrauen missbraucht hätte. Und dein Vater, dein Vater schien sich zu verschließen, wie ein Buch, an dem man das Interesse verloren hat. Man konnte nicht mehr in sein Inneres vordringen. Er war still und undurchdringlich wie Stein. Und traurig. Traurigkeit hatte ihn erfasst; sein Kampfesmut hatte ihn verlassen. Deine Mutter verzweifelte daran. Als kurz danach die Krankheit kam, machte ein Teil von ihr, glaube ich, Paweł dafür verantwortlich. Es erschütterte deine Familie bis ins Mark, Junge; und ich weiß, dass du die Erschütterung gespürt haben musst. Jedes halbwegs intelligente Kind hätte sie gespürt, und an Intelligenz hat es dir nie gemangelt.

Aber es muss auch gesagt werden, dass Anna Malewska ihr Bestes gab, um Pawełs Angelegenheit zu verteidigen, denn sie begriff seine Zwangslage, auch wenn er ihr nichts über diesen letzten Auftrag erzählt hatte. Sie liebte ihn, weißt du, und wenn sich Liebe erst einmal aufgebaut hat, dann können die Grundfesten eine Menge Erschütterung ertragen, bevor sie nachgeben. Zumindest ist das meine Meinung, Galileo. Und ich habe erfahren, was Liebe ist.

Und Paweł? Er veränderte sich im Gefängnis. Er schrieb seiner Mutter und seiner geliebten Anna zurück und bekannte seine Schuld und Scham. Er sprach davon, alles wieder gutzumachen, Grundsätze und Struktur in sein Leben zu bringen. Wenn ein Mann keine Struktur hat, Galileo, dann verblasst und schwindet sein Selbstvertrauen. Wir alle brauchen einen Rahmen, an den wir uns halten können, einen Rahmen aus Grundsätzen, Vorstellungen und Handlungen, an die wir glauben. Sonst wären wir einfach nur eine schlaffe Hülle, das Phantom eines Menschen. Ich denke, im Gefängnis wurde dies dem jungen Paweł erstmals klar.

Er sprach davon, zur Armee zu gehen. Oder besser gesagt, die Armee war für ihn die letzte Hoffnung auf Arbeit. Natürlich, Junge, stimmte das nicht. Es findet sich immer jemand, der bereit ist, einen kräftigen jungen Mann einzustellen, und im Übrigen hatten die polnischen Behörden nichts gegen Paweł in der Hand, nachdem er freigelassen worden war, denn er war ja in Deutschland festgenommen worden. Doch er hatte es sich in den Kopf gesetzt, zur Armee zu gehen. Vielleicht dachte er, er würde dort seinen Rahmen finden. Zu der Zeit war er siebzehn, ein Jahr später wäre er ohnehin zum Militärdienst eingezogen worden.

Als er aus dem Gefängnis in Oppeln entlassen wurde, kam er nur nach Hause, um sich bei Anna und seiner Familie zu entschuldigen. Er schüttete ihnen sein Herz aus. Hoffte, sie würden ihm endlich doch verzeihen. Dann machte er sich auf den Weg zum Einberufungsamt in Katowice, log bezüglich seines Alters und unterschrieb die Papiere. So kam Paweł zur Armee.

Letzten Endes verziehen sie ihm wirklich, deine Mutter und dein Vater. Doch ihre Beziehung zueinander hatte sich geändert. Etwas Dunkles schlummerte immer über ihnen und warf seinen Schatten auf sie. Anna war die Einzige, die ihm vollständig verzieh, die ihm so verzieh, als wäre nie etwas geschehen.

Paweł diente sieben Jahre lang in der polnischen Armee. Als er sie verließ, war dein Vater schon verstorben. Etwas gesetzter war Paweł geworden, als er schließlich für immer nach Hause kam, und er verursachte nicht mehr so viel Ärger im Dorf. Aber ihn umgab eine größere Intensität, weißt du, Junge, so als hätte sich der alte Paweł konzentriert, in etwas Härteres, Schärferes und Tieferes ... in seinem Innern. Er sprach kaum mit den anderen Dorfbewohnern. Er widmete sich Anna. Sie wurde seine Verlobte und sie lebten wie Mönche zusammen, wie Eremiten. In ihrer eigenen Welt. Im Jahre 38 verpflichtete er sich dann aufs Neue.

Doch du weißt ja all das, Galileo; all das weißt du. Und jetzt weißt du, dass du es weißt. Vorher hat es dir keiner erzählt, weil alle glauben, was ich bereits zu dir sagte: Die Vergangenheit überlässt man am besten sich selbst. Und lass mich noch eines sagen, Galileo: Ich komme mir grausam und dumm vor, weil ich dir all das erzählt habe. Aber letzten Endes musstest du es erfahren. Du musstest es erfahren.«

Und dann war Dylong zum Ende gekommen. Er saß einfach nur da und sah Gracian an, während ihm die Fledermausflügel der Mantelschatten über das Gesicht huschten. Es herrschte Stille.

»Ist das alles wahr?«, fragte Gracian schließlich.

»So wahr, wie es nur sein kann.«

»Bist du sicher? Hast du es gesehen? Hast du es mit eigenen Augen gesehen? Das kannst du doch gar nicht.«

»Ich weiß alles, was in diesem Dorf geschieht, Galileo. Ich sagte doch: Ich bin das Auge, das alles sieht.« Und Dylongs Augen strahlten, doch dahinter lag tiefes Bedauern.

»Jetzt lass uns gehen«, sagte er, »bevor sie uns für Verschwörer halten und wir im Lager landen. Ich kann dir sagen, Junge, ich weiß nicht, wer schlimmer ist, diejenigen, die hier eingedrungen sind, oder diejenigen, die schon immer hier gelebt haben.«

Dylong stand auf. »Dieses Dorf hat sich gegen sich selbst gewandt, wie ein Hund, der sich in den Schwanz beißt.«

Mit diesen Worten legte er Gracian die Hand flach auf den Rücken und der Junge stand auf, obwohl er seine Beine nicht fühlen konnte. Er schwankte einmal und hielt sich an den Mänteln fest. Mit seinen Worten hatte Dylong ein Sichtglas in den Kopf des Jungen gesenkt und nun spähte er prüfend hindurch. Gracian hatte das Gefühl, jemand dringe unbefugt in sein Inneres. Er wusste nicht, was Dylongs Geschichte nach sich ziehen würde; vielleicht würde sich nichts verändern, vielleicht aber war eine Tür aufgeschwungen, die sich nie wieder schließen ließ.

In seinem Kopf drehte sich alles. Er dachte bei sich: *Die Zeit ist in Unordnung geraten.* Er dachte bei sich: *Sicheres Wissen gibt es nicht.* Er dachte an Pawełs Gesicht und den Holzlöffel seiner Mutter und an den Schnee, der fiel und dann schmolz. Er dachte an Kukłas Spielzeugpfeife und an Dylongs breites Grinsen, an das Summen der Heizgeräte und den Blick in den Augen eines deutschen Wachpostens, der ihn einst hatte passieren lassen, einen Blick, der gleichzeitig grausam, verstohlen und wissend gewesen war. Er dachte an die Veränderungen, die sich an seinem eigenen Körper vollzogen hatten. Er dachte an schwarze Schichten aus Kohle, an blau geschlagene Augen, an Teleskope und die Sterne am Himmel, und er dachte daran, wie Anna Malewska den Arm hob und ihr Haar berührte.

Drei

Am Fenster seines Zimmers zu Hause, unter einem frühmorgendlichen Himmel, der hoch, weit und wolkenlos war, stand der Junge. In seiner rechten Hand hielt er ein einfaches, primitives Teleskop, das langsam hin und her schwang, hin und her.

Der Junge stand da und das Teleskop schwang. Davor war sein eigenes Spiegelbild, und davor war das dunkle Feld, und durch das Feld rannte der Bruder des Jungen als schwarzer Schatten bis zum hinteren Ende und verschwand dann. Als die Gestalt nicht mehr zu sehen war, richteten die Augen des Jungen ihre Aufmerksamkeit auf das Gesicht im Fensterglas und dann immer weiter zurück, bis sie das Gesicht eines kleinen Kindes sahen.

Das kleine Kind schlenderte in sein Zimmer und warf dabei die Füße hoch, schlenkerte mit den Armen und blähte die Wangen auf, weil es sich langweilte. Es ging eine Zeit lang auf und ab und rannte dann los. In großen Kreisen rannte es um den Lichtkegel, der das Zimmer diagonal durchteilte, hielt die Arme gebeugt vor sich und erzeugte mit seinem Mund Geräusche.

Der Junge ritt ein galoppierendes Pferd, denn ihm gefiel die Vorstellung, mit großer Geschwindigkeit ein Pferd übers Land zu reiten; wahrscheinlich hatte ihm immer schon die Vorstellung von Flucht gefallen, selbst jetzt, als er ein kleines Kind war.

Sein Bruder ritt auf Pferden. Er sah seinen Bruder nicht oft.

Schon bald hörte der Junge auf, sein Pferd im Galopp zu reiten. Er langweilte sich wieder. Er legte sich auf die Dielen, stützte das Kinn auf den Ellbogen und bemerkte plötzlich etwas aus dem Augenwinkel. Es befand sich unter dem Bett seines Bruders. Er kroch hinüber, immer noch gelangweilt, aber auch neugierig. Es war ein Sack aus grobem und staubfarbenem Stoff. Er zog an ihm und stellte fest, dass er schwer war. Er musste beide Hände benutzen, um ihn herauszuziehen, er zerrte daran, seine Arme waren zu schmächtig, seine Hände waren zu klein, aber er schaffte es, dass sich der Sack bewegte. So lange, bis er vor ihm lag, dann setzte er sich im Schneidersitz hin und starrte ihn an. Und griff danach, umfasste das obere Ende des Sacks und zog es auf.

Orangen. Er traute seinen Augen nicht. Dick und rund und saftig und so dunkelrot wie ein Sonnenuntergang. Er tauchte seinen Arm in den Sack, nur um zu fühlen, wie sie sich darum drängten, er schloss seine Hand um eine Frucht, ohne sie zu sehen, und zog sie hinaus. Dann schälte er sie: Die weiße Fruchthaut kroch unter seine Nägel und manchmal spritzte

Saft hinaus und floss ihm in Rinnsalen das Handgelenk hinab.

Er aß. Er aß noch eine und dann noch eine. Süßere hatte er nie gegessen.

Und jetzt stand eine Gestalt in der Tür und überraschte ihn zwischen den Orangenschalen, die er um sich herumgeworfen hatte, gerade als er das zarte Fruchtfleisch an die Lippen hob. Es war seine Schwester. Ihr Name war Franciszka. Voller Scham bot er ihr die unberührte Frucht an. Sie ließ sie unbeachtet und konzentrierte sich darauf, langsam und mit kleinen Schritten auf ihn zuzugehen. Ihre Augen waren weit aufgerissen und argwöhnisch.

»Was hast du da?«, sagte sie. »Was hast du da?« Und: »Wo hast du das gefunden?«

Er wies in die Richtung, wo er sie gefunden hatte, und Franciszka begab sich auf alle viere und blickte auf den anderen Sack unter dem Bett, den der kleine Junge ebenfalls voller Orangen wähnte, obwohl er nicht sicher sein konnte.

Und dann hörte man plötzlich das Geräusch schneller, schwerer Schritte, die auf der Treppe hallten, und die Tür schwang auf, und Paweł erstarrte, wo er war, und überblickte die Szene. Eine Hand hatte er leicht auf den Türrahmen gestützt. Und dann stand Franciszka auf, äußerst langsam, und hielt ihren Blick auf Paweł gerichtet, ließ sein Gesicht nicht los, ließ sein Gesicht einfach nicht los.

Gracian schloss die Augen und sah wieder nur Leere, dann öffnete er sie wieder. Er warf das Teleskop hinter sich auf das Bett.

Ein Rahmen. Wir brauchen einen Rahmen, an den wir uns halten können, dachte er. Er ging zur Kommode, zog die erste Schublade auf, griff hinein und fand sein altes Taschenmesser. Mithilfe eines Nagels klappte er die längste Klinge auf. Dann ging er aus dem Zimmer, in den schmalen Flur und hinüber zum Fenster, das Paweł ein paar Monate zuvor zugenagelt hatte.

Und mit der Klinge seines Taschenmessers in der Faust löste er die Nägel ein bisschen, einen nach dem anderen.

Drei Nächte brauchte er, bis er die Nägel mit bloßen Fingern herausziehen konnte, denn er arbeitete stets nur zehn oder fünfzehn Minuten am Stück, damit die anderen ihn nicht dabei entdeckten. Als er damit fertig war, ging er hinunter und wartete, bis die Küche leer war, um dann das Schränkchen unter der Spüle zu öffnen und ein spitzes Werkzeug herauszuholen, das aus dem alten Werkzeugkasten seines Vaters stammte und zur Markierung von Bohrlöchern diente. Dieses Werkzeug drückte er in die Löcher, die die Nägel im Holz des Fensterrahmens hinterlassen hatten, und drehte es darin um. So vergrößerte er ein Loch nach dem anderen, griff dann in seine Tasche, nahm die Hand voll Nägel heraus und ließ sie in ihre Löcher zurückgleiten, sodass ihre flachen Köpfe die vergrößerten Löcher verdeckten.

Magie, flüsterte Gracian, als er damit fertig war. *Was wirklich aussieht, ist in Wirklichkeit nur Schein.*

Dann wartete er, bis der Rest des Hauses schlief und Mitternacht gekommen und wieder gegangen war. Er hatte seine schwarze Hose angezogen, die keinen Knopf hatte und mit einer Schnur zugehalten werden musste, dazu einen schwarzen Wollpullover über einem kakaobraunen Hemd, welches das dunkelste war, das er hatte finden können. Sein Mantel war blau, doch Mütze, Handschuhe und Schuhe waren schwarz. In der Wärme des Hauses schwitzte er, doch er kümmerte sich nicht darum, denn er wartete, und wenn das Warten ein Ende hatte, würde er auch nicht mehr schwitzen. Das Teleskop hatte er den weiten Ärmel seines Mantels hinaufgeschoben und dort lag es nun sperrig wie eine Schiene.

Als es Zeit war, stand er auf, wischte sich den Schweiß von der Neigung seiner Oberlippe und trat aus seinem Zimmer.

Am Ende des Flurs befand sich ein Fenster. Der Mond zeichnete fahle Rechtecke auf das schmutzige Holz. Ein Stockwerk unter ihm schliefen seine ältere Schwester, ihr Mann und ihr Baby.

Er kam zum Fenster. Er schnippte die Nägel aus ihren Löchern, fing sie in der Hand auf, steckte sie sich in die Tasche, öffnete den Verschluss und schob die untere Hälfte so weit wie nötig nach oben.

Das Holz war alt und winzige weiße Splitter fielen auf seine Hände.

Er kletterte mit geübter Wendigkeit hinaus, drehte sich auf dem Sims herum, kniete sich hin und griff nach dem Holz, dann ließ er sich langsam hinuntergleiten, bis er flach an der Hauswand hing. Er griff mit einer Hand zum Holzapfelbaum, der im Hof stand und nun alle Blätter verloren hatte, und spürte die kalte, raue Rinde des nächsten Astes, den er fest umklammerte. Dann stieß er sich leicht von der Wand ab, schwang mit der anderen Hand durch die Luft und umfasste mit ihr ebenfalls den Ast. Der Schnee wirbelte von den Ästen hinunter. Er hangelte sich den Ast entlang, bis er den Stamm erreichte, ließ sich fallen und traf auf festen Boden.

Er rannte durch den finsteren Hof, sprang über dessen Mauer, lief über die Anhöhe mit den Feldern und hinauf zum Saum des Waldes.

Er versuchte abzuschätzen, an welcher Stelle er Paweł den Wald hatte betreten sehen, ging dorthin und versteckte sich im Dickicht. Er war ein ganzes Stück weit von dem Weg entfernt, den er zu seinem Aussichtspunkt nahm, und deshalb konnte er nicht sagen, was in der Dunkelheit vor ihm lag. Es schien keine Patrouille in der Nähe zu sein. Er ließ das Teleskop ein Stück weit in seine Hand gleiten und wiegte es an seinem schmalsten Ende, während er eine Melodie vor sich hin summte, Bruchstücke einer Melodie, so leise, das nur er sie hören konnte. Eins von Moreks Liedern.

Góralu, czy ci nie żal …

Er wartete lange, und vom Hocken schmerzten ihm Beine und Kreuz, aber sein Kopf war ganz klar und seine Sinne hellwach. Und so konnte sich Gracian, als etwas nicht ferner als fünfzig Meter weiter östlich am Waldsaum raschelte und huschte, flink in Bewegung setzen. Er zwängte sich eine kurze Strecke durchs Unterholz, dann sprang er daraus hervor und rannte diagonal in den Schutz eines moosbeschuhten Baumes, wo er wartete. Für einen Moment herrschte Stille, dann bewegte sich eine Gestalt vor ihm. Paweł, der rasch vorbeilief.

Gracian wandte sich ab, verharrte einen Moment und folgte ihm dann.

Er achtete darauf, dass Paweł immer in sicherer Entfernung vor ihm war, und blieb hier und da stehen, um die Entfernung zu vergrößern, bevor er weiterging. Ganz am Anfang ließ er das Teleskop in seine wartende Hand fallen und hob es hoch, um Pawełs Bewegungen zu beobachten. Aber zu seiner Enttäuschung entdeckte er, dass das Sichtglas in der verschwommenen Dunkelheit fast nutzlos war. Es zeigte nur Unklarheit und in seiner Panik verlor er fast die Spur seines Bruders. Also verließ er sich auf sein bloßes Auge, denn obwohl sich die Nacht bis in den letzten Winkel der Welt ausbreitete, schenkte der Mond genügend Licht, um die Formen von Mensch und Wald unterscheiden zu können.

So führte Paweł ihn tiefer und immer tiefer in das wilde Herz des Waldes.

Und Gracian erkannte, dass er in einen unbekannten Ort eingedrungen war. Und er erkannte, dass er nicht länger folgte, sondern gezogen wurde, denn wäre er stehen geblieben, hätte er sich unwiderruflich im Wald verirrt.

Einmal verharrten die Brüder bei dem Geräusch von Stimmen, ließen sich beide von der Dunkelheit einschließen und dämpften das Geräusch ihres Atems. Die Patrouille durchschritt den leeren Raum zwischen ihnen, zwei Männer, deren Taschenlampen die Nacht anritzten, dann waren sie fort.

Etwas später blieb Paweł erneut stehen, obwohl es keinerlei Anzeichen für eine Patrouille gab. Der Junge brauchte einen Moment, um nachzuziehen, drückte sich wieder hinter eine Kiefer und hob das Teleskop an sein Auge. Paweł stand in kurzer Entfernung vor ihm auf einer kleinen Lichtung und war nur durch das Geäst sichtbar. Sein Rücken hob und senkte sich vom Atmen. Gracian ließ sich niedersinken, kauerte sich zwischen die Wurzeln und drückte einen Handschuh in die feuchte Erde. Stille legte sich über ihn und breitete sich im Unterholz aus. Paweł stand immer noch sichtbar atmend da.

Gracian hörte das Knacken von Zweigen neben sich und spürte, dass er nicht mehr allein war. Ein Reh stand einen halben Meter von ihm entfernt. Sein Körper war stark, mager und durchzogen von Sehnen, sein Fell fing auf einer Seite das Mondlicht ein. Es stand dort unbeweglich, und nur die Vorderbeine zuckten, ein Huf hob sich und senkte sich gleich darauf wieder, als wollte es den Boden prüfen. Seine Augen waren schwarze Tümpel mit einem Zentrum aus Licht. Sie sahen ihn direkt an. Von seinem Körper stieg Dampf in die Höhe.

Dann warf es den Hals zur Seite, wandte sich um und war fort.

Als Gracian erneut nach Paweł sah, erblickte er ihn zweimal. Instinktiv dachte er, es müsse sich um eine Täuschung durch die gespenstischen Formen des

Waldes handeln, senkte den Blick, rieb sich die Augen und sah wieder hin. Wo vorher nur Paweł gewesen war, standen nun zwei Gestalten, beide ganz in Schwarz. War die andere Gestalt Anna? Er hielt das für wahrscheinlich, doch als er sie beobachtete, tauchten plötzlich noch mehr Gestalten aus der gähnenden Dunkelheit auf, erst zwei, dann drei, dann vier. Schließlich waren es sechs, sechs Gestalten, die einander Zeichen machten, sich mit Gesten verständigten, sich dann ein wenig verteilten und losgingen.

Und der Junge blieb bei ihnen, hinter ihnen, obwohl er nicht wusste, was er von der Konstellation halten sollte, die sich vor seinem Auge gebildet hatte. Das Mondlicht wies ihm den Weg.

Rasche Bewegungen, gedämpft vom leuchtenden Schnee, Stolpern über Wurzeln und Farn. Der Wald um Gracian glitt vorbei, fiel zurück, war hinter ihm, Äste reckten sich nach ihm, doch konnten sie eine solche Bewegung nicht aufhalten, denn sie kam aus seinen Füßen und war getrieben von Energie und Dunkelheit, und seine Augen tränten, und überall roch es nach feuchter Erde, während die sechs Gestalten ihn weiter und weiter führten. Plötzlich spürte er, wie der Boden unter seinen Füßen abfiel, in die Tiefe sank, und er sah, dass sich die sechs Gestalten nach einer bestimmten Ordnung auseinander bewegten. Und dann, als würde der Wald auseinander geschoben, als würde der Wald abgeschüttelt, tauchte zwischen den Bäumen ein Käfig aus metallenen Behelfszäunen auf und dahinter grüne Wände aus Aluminium, Erhebungen von Baracken, zwei tief liegende, schwer beladene Lkws, die mit ausgeschalteten Scheinwerfern in einer Ecke parkten, und in dem Käfig Geräusche und Formen und Dampf, der in der bitteren Kälte in die Höhe stieg, Männer, die mit Gewehren und ohne umherliefen, Scheinwerfer, die die Dunkelheit wie Ersatzsonnen durchbohrten und grobe, scharf umrissene Schatten auf das flache, weiße Gras warfen und sich im Silber der Kühlergrills fingen.

Der Stützpunkt. Der Junge brachte sich instinktiv in Deckung und versteckte sich in einem flachen Graben voller Laub. Seine Nerven waren so angespannt, dass sein Körper sich anfühlte wie ein Leiter für blau strömende Elektrizität. In seinen Ohren hallte ein Klingeln, als würde man gegen Kristall schlagen. Schweiß überzog seine Stirn mit einem Film und kühlte in der Luft sofort ab, und sein Gesicht war erdverschmiert.

Wenn er sich auf dem Bauch in den Graben legte, konnte er hinter dem Unterholz das Lager aufragen sehen, und in dieser Position mühte er sich ab, das Teleskop aus dem Ärmel zu ziehen und es dann an sein Auge zu setzen. Riesenhaft glitt der Umriss des Lagers in sein Sichtfeld und verschwand wieder.

Schließlich fand er drei der Gestalten weit hinten bei den Bäumen, wo der Zaun eine Biegung machte. Er konnte nicht sagen, ob eine von ihnen Paweł war. Die Gestalten hatten sich eng zusammengehockt und blickten auf das Lager. Eine von ihnen schien ein kleines Notizbuch zu haben. Sie schrieb darin, beriet sich dann kurz mit den anderen und schrieb erneut. So ging das eine ganze Weile.

Gracian robbte sich auf dem Bauch näher zum Rand des Grabens und blieb beobachtend liegen. Dann bewegte er sich langsam weiter vor, bis er den letzten Strauch vor dem Zaun des Lagers erreicht hatte. Dort richtete er sich behutsam auf, hockte sich hin und fuhr mit seiner Beobachtung fort. Die Gestalten waren nicht weit von ihm entfernt, siebzig Meter vielleicht, immer noch versammelt am hinteren Ende des Lagers. Innerhalb des Zauns bewegte sich kaum etwas. Zu sehen war nur leere, unbeleuchtete Fläche, die sich einige hundert Meter zwischen dem Zaun und dem Klotz einer Baracke erstreckte. Ab und an schlenderte ein Wachposten mit aufrecht übergehängtem Gewehr in die Nähe des Zauns, dass die Schatten über ihn hinweghuschten, und schlenderte dann wieder fort.

Hier und dort waren ein paar Soldaten zu sehen, die miteinander sprachen, allein dastanden oder Zigaretten rauchten. Viele der Zelte waren unbeleuchtet. Der Eingang zur tief gerillten Aschenbahn, neben der die Lkws parkten, lag fast direkt gegenüber, und er konnte eine staubige Straße erkennen, die in den Wald führte. Der Eingang war verschlossen und verriegelt.

Nach einer Weile sah er die anderen drei Gestalten fast unsichtbar im Schatten des Zauns am Rand der nächsten Baracke entlangrennen. Dort blieben sie stehen und hockten sich wie die anderen zusammen und wieder schien jemand etwas in ein Notizbuch zu schreiben.

Und jetzt sah Gracian, dass einer der ersten drei sich weiter vorwagte als die anderen, weiter in Richtung Zaun. Gracian kroch durch den Busch und schlich sich noch näher an.

Die Gestalt, die sich vorgewagt hatte, bückte sich wie zum Sprung. Kopf und Schultern waren im diffusen Licht des Lagers nun deutlich zu sehen, ragten aus dem Schatten der Bäume hervor wie ein Geist, der Gestalt angenommen hatte. Der Junge konnte die Gesichtszüge seines Bruders erkennen.

Ein Soldat trat langsam auf die leere Fläche hinter dem Zaun. Er blieb stehen und blickte in den gähnenden Wald. Gracian konnte seinen Bruder sehen und sein Bruder konnte den Soldaten sehen und stand vollkommen still da. Und dann wandte der Soldat zerstreut den Blick ab, richtete den Tragriemen seines Gewehrs und ging wieder fort.

Es folgte eine Pause von zwanzig Atemzügen. Dann spannte Paweł die Beine an und machte einen hohen Sprung auf den Zaun, hielt sich dort fest und schwang sich dann wie ein Athlet hinüber auf die andere Seite, als wäre er nicht an die Schwerkraft gebunden. Als er auf dem Boden aufkam, rannte er in die Deckung der Baracke und verschmolz dort mit dem lang gezogenen Bogen des Schattens.

Gracian beobachtete, wie Paweł sich innerhalb des Zauns bewegte und immer wieder zwischen den Baracken auftauchte. Als er die dritte Baracke erreichte, konnte er ihn halb verdeckt von der hinteren Metallwand sehen und erkannte, dass er das Lager inspizierte. Dann hatte er innerhalb von Sekunden erneut den Zaun überwunden und sprach wieder zwischen den Bäumen zu der zweiten Dreiergruppe, die Umrisse seiner Hände und Arme zeichneten sich ab, und die

Gestalt mit dem Notizbuch schrieb schnell etwas auf.

Und da war noch etwas. Ein Wachposten stand auf der leeren Fläche, auf die Paweł am Anfang gesprungen war, schien seine Runde unterbrochen zu haben und blickte hinaus in den Wald. Der Soldat sah in Gracians Richtung, den Mund geöffnet, die Hände müßig auf seinem Gewehr. Er reckte den Hals und stieß das Kinn vor und schob die Schultern zurück und wiegte sich auf den Stiefelabsätzen. Das verlieh ihm das Aussehen eines neugierigen Tieres, das sich ruckartig auf die Hinterbeine stellt und die Umgebung nach Gefahr oder Beute absucht.

Gracian wechselte seine Lage, um das Teleskop zu stabilisieren. Der Soldat blickte ihn an.

Und dann sah Gracian ein Licht.

Das Licht kam von seinem Teleskop. Die Linse fing das blendende Licht der Bogenlampen ein und markierte ihn, als würde er selbst Lichtzeichen in die Welt senden. In Panik senkte er das Teleskop und fuhr es ein, dann blieb er bewegungslos hocken. Der Soldat blickte immer noch in seine Richtung und trat plötzlich gezielt einen Schritt nach vorn.

Der Wald wartete.

Ein Laut drang aus dem Mund des Wachmanns: »He, Sie!«, und Zeit und Bewegung wurden wie in einer Druckwelle entfesselt, und weitere Schreie ertönten, und mehr Bogenlampen überzogen den Wald mit Licht, und Gracian drehte sich um und rannte, warf den Kopf zurück, sah, dass die sechs Gestalten ebenfalls flohen. Jetzt wurden die Schreie lauter, und ein großer Wirbel von Geräuschen schien die Nacht aufzufräsen, und dann ertönte eine Reihe deutlicherer, härterer, schärfer umgrenzter Geräusche; die Geräusche von Patronen, die aus Gewehrläufen gespuckt wurden.

Feuer und Licht und Druck. Und diese Geräusche hallten wieder, vervielfachten sich, und dann riss etwas an seiner Wange die Luft auf, und ein Stück Baumrinde vor ihm explodierte, und erst dann hörte er das Jaulen, kurz und schrill, und dann rannte er und rannte und rannte und rannte.

Eine Zeit lang wusste er nicht, wohin er rannte. Aber er hielt nicht an, stolperte immer weiter über den unebenen Boden, während Zweige sein Gesicht zerkratzten und nach seinem Körper griffen. Und schließlich kam er zum Waldesrand und die Geräusche hinter ihm wurden schwächer. Er rannte hinaus aufs Feld, brach aus dem Sog des Waldes hervor in den Schnee.

Während er rannte, blickte er mit wildem Blick über sich und sah, dass die Sterne dort oben dünne, weiße und miteinander verbundene Linien waren und ein ästhetisches Alphabet am Himmel bildeten.

In dieser Nacht schlief er nur wenige Stunden, und das auch nur, weil sein Körper um Ruhe bettelte. Er wand und sträubte sich im Bett und sein Geist wurde von Albträumen heimgesucht. Er träumte von sechs schwarzen Hunden mit roten Augen, die ihn jagten, und von seinem Bruder, der von Schatten verschlungen wurde.

Als er aufwachte, lag er an der Kante seines Bettes, schwitzte und atmete flach. Er öffnete die Augen und sah auf dem Boden unter sich sein Buch, WSTĘP DO ASTRONOMII, geöffnet auf der letzten Seite, die er gelesen hatte, eine gelben Fläche im Sonnenlicht.

Sternbild Zwilling. Eine Geschichte von zwei Brüdern, sein Sternbild. Ein Bild von fünfzehn Sternen, einer für jedes Jahr seines Lebens.

Mit einem Gefühl der Übelkeit in der Magengrube ging er nach unten.

Seine Mutter war in der Küche und las mit einer Brille, die er selten an ihr sah, eine deutsche Zeitung. Sie runzelte beim Lesen die Stirn. Józef Kukła war ebenfalls da und machte sich zum Aufbruch in die

Bäckerei bereit. Für den Jungen wirkte alles im Raum verdächtig.

»Hallo, Gracian«, sagte seine Mutter. »Du siehst heute Morgen aber schrecklich aus. Sieh nur die schwarzen Ringe unter deinen Augen.«

Gracian knöpfte sich den Mantel zu und setzte die Mütze auf. Er nahm seine Lampe, die an der Wand unter den drei leeren Kleiderhaken und der Statue des gekreuzigten Christus stand, öffnete die schmale Luke am Boden der Lampe und überprüfte das Karbid, dessen Geruch ihn stets zurückweichen ließ. Dann ging er zur Tür.

»Iss etwas«, sagte seine Mutter.

»Ich bin spät dran«, sagte er. »Ich muss gehen.« An der Tür blieb er stehen. »Habt ihr Paweł heute gesehen?«, fragte er.

Schweigen trat ein.

»Was ist das denn für eine Frage?«, sagte Józef Kukła.

Draußen lag nur noch wenig Schnee. Er ging die Hauptstraße hoch in Richtung Zeche. Auf der Straße gingen Leute, wie gewöhnlich. Die Sonne war weiß und überzog den Himmel mit einem milchigen, aber hellen Film. Er bemerkte, dass der Kohlenstaub schwerer als sonst in der Luft hing. Als Gracian fast am Tor der Zeche war, begann er zu zittern. Innerhalb kurzer Zeit bebte sein ganzer Körper unkontrollierbar, seine Zähne klapperten und die Übelkeit stieg ihm sauer in die Kehle. Er sank auf die Knie, hinunter auf das Kopfsteinpflaster, ballte die Fäuste und kniff die Augen zu. Um ihn herum stäubte der Schnee. Dann hörte das Zittern auf. Er stand auf und ging weiter.

Um zwei Uhr tauchte er wieder aus der Grube auf, gab seine Ausrüstung ab und machte sich auf den Heimweg. Die Ereignisse der vergangenen Nacht schienen nun etwas an Wirkung verloren zu haben, die Erinnerung daran verflachte und erstarrte wie eine Szene auf einer Postkarte. Wäre nicht ein Gefühl der Angst in dem Jungen aufgestiegen, so hätte er sich einreden können, es hätte sie nie gegeben. Er überquerte die Straße an dem Laden, der einst einem Konditor gehört hatte und nun ein behelfsmäßiges Postamt darstellte, dessen Rollladen halb heruntergelassen waren, sodass die Fenster aussahen wie schläfrige Augen. Als er das tat, bemerkte er aus dem Augenwinkel einen anderen Mann, der es ihm nachtat.

Er blickte sich um und sah, dass der Mann dunkelgrün gekleidet war, einen dunklen Mantel mit aufgestelltem Kragen trug, und er erkannte, dass er zur Schupo gehörte. Er ging langsam und hatte die Hände tief in die Manteltaschen vergraben. Seine Schritte waren kurz und präzise, doch er rollte dabei träge die Schultern. Sein Gesicht war ausdruckslos. Gracian ging schneller die Straße entlang, und nach einer kurzen Weile bemerkte er, dass sich ein zweiter Schupo auf der anderen Straßenseite parallel zu ihm bewegte, ein Stück vor dem anderen, und mit ihm Schritt hielt. Der zweite Schupo blickte ihn ebenfalls nicht an.

Andere Dorfbewohner gingen an ihm vorbei, manche unterhielten sich, manche nicht, einige gingen langsam, andere schnell, aber die beiden Schupos schenkten ihnen keinerlei Beachtung. Sie hielten mit Gracian Schritt, gingen schneller, wenn er schneller ging, wurden langsamer, wenn er langsamer wurde, blieben immer ein paar Schritte hinter ihm, die ganze Hauptstraße hinunter.

Er ging nicht weiter in Richtung seines Elternhauses. Stattdessen bog er plötzlich in eine schmale Seitenstraße ein, die zwischen zwei Gebäuden hindurchführte und nicht gestreut war, sodass der Schnee zu einer durchscheinenden Kruste mit schwarzen Schmutzstriemen niedergetrampelt worden war. Rasch ging er die Straße entlang, bis sie sich ein wenig öffnete und rechts und links von ihm Häuser erschienen. Er wusste, wer in den Häusern lebte, kannte die Gesichter ihrer Bewohner schon sein Leben lang. In einem Dorf, so hieß es, kennt jeder jeden. Er dachte daran, an eine der Türen zu klopfen. Er blickte zurück zu dem Punkt, wo die Straße zwischen den Rückseiten der Läden auf die Hauptstraße mündete und er sehen konnte, wie Leute vorbeigingen. Die beiden Schupos waren ihm nicht gefolgt. Er blieb, wo er war, im Schnee stehen. Die Straße war leer. Sacht schaukelte die Karbidlampe, die er an ihrer dünnen Metallhalterung hielt. Ihm brannten die Augen und er rieb sie mit dem Rücken seiner freien Hand.

An diesem Tag war es schlimm mit dem Kohlenstaub.

Dann bogen die beiden Schupos in die schmale Straße ein. Sie gingen nebeneinander und blockierten den Durchgang. Sie gingen schnell. Er wandte sich zur anderen Seite und sah zwei weitere Schupos die auf ihn zukamen.

Hinter ihm war die Straße frei, aber er bewegte sich nicht. Er glaubte nicht daran, ihnen entkommen zu können.

Er blickte ihnen ins Gesicht, als sie sich von beiden Seiten näherten. Jetzt standen zwei von ihnen nur wenige Meter von ihm entfernt vor ihm und die anderen hinter ihm. Einer der beiden vor ihm, der Größte, mit einem glatten, jungen Gesicht, dessen Wangen vor Kälte rosenrot erblühten, lächelte und schlug seine Hände mit den Lederhandschuhen so laut zusammen, dass es widerhallte. Gracian blickte auf den Schnee auf seinen Schultern.

»Bist du Sófka.« Das war eine Feststellung, keine Frage.

Gracian wandte den Kopf und ließ seinen Körper folgen, er blickte alle vier an. Ihre Blicke umgaben ihn wie Wände.

»Warum?«, sagte er.

»Das ist die falsche Frage«, sagte der Größte.

Seine Haut war glatt und bleich. Er war kaum älter als Gracian. Sie alle waren Jungen.

»Wir haben eine Nachricht für dich«, sagte der Größte.

Gracian antwortete nicht.

»Hörst du mich, Sófka? Eine Nachricht. Für dich. Willst du sie nicht hören?«

Er sagte immer noch nichts.

Der Größte wies mit dem Kinn auf einen der beiden hinter ihm und Gracian wandte sich ein wenig nach ihm um.

»Sag sie ihm«, sagte der Größte.

Derjenige, der jetzt vortrat, war breiter gebaut, sein Gesicht und sein Hals waren bullig, und seine Unterlippe ragte hervor, dass er aussah wie ein schmollendes Kind. Er wirkte ernst, vollkommen konzentriert. Er trat vor, nahm seine Mütze ab und warf sie in den Schnee. Dann zog er langsam die Handschuhe aus und warf sie in die Mulde der Mütze. Er ballte seine Hände zu Fäusten und ging auf Gracian zu.

Mit einer einzigen Bewegung schwang Gracian die Karbidlampe herum, dass sie in seinem Gesicht landete. Er spürte, wie von der Wucht ein Ende des Henkels aus der Halterung gerissen wurde, und als er die Lampe sinken ließ, hing sie in einem seltsamen Winkel am Drahthenkel. Der Schupo hatte sich zu einer Seite geneigt. Blut strömte ihm über das Gesicht. Einen Moment lang verharrte er so, dann schwankte er und fiel, während er sich die Wange hielt, auf das Kopfsteinpflaster.

Ein anderer umrundete Gracian, und wieder versuchte er die Lampe zu heben, doch er hatte keine Kontrolle mehr über sie, und jemand trat sie ihm aus der Hand, und er sah, wie das Karbidklümpchen aus der Lampe flog und über den Boden hüpfte, und dann traf ihn jemand genau in den Magen. Er klappte zusammen, blieb aber stehen. Doch dann kamen die Schläge von allen Seiten, und er konnte sie kaum abwehren, und dann lag er unten im Schnee. Als sie ihn weiterschlugen, rollte sich Gracian zusammen und nahm die Haltung ein, die er im Leib seiner Mutter innegehabt hatte.

Als sie ihn schlugen, dachte er an seinen Aussichtsplatz, an den Geruch der Erde dort und an die Stille. Das einzige Geräusch, das ihm entwich, war die Luft, die aus seinen Lungen gezwungen wurde.

Schließlich erlahmten sie und ließen von ihm ab. Er blickte mit zusammengekniffenen Augen hinauf und sah, dass der Größte keuchte, seine Wangen zeigten nun ein anderes Rot, und seine Mütze saß schief auf dem Kopf. Er rückte sie gerade und wischte sich mit einer Hand über Hals und Kinn. Er zupfte seinen Mantel zurecht. Der Schupo, den er mit der Lampe getroffen hatte, stand hinter ihm, und Blut strömte ihm von der Schläfe.

»Die Nachricht«, sagte der Größte von ihnen ganz außer Atem, »ist Folgende, Sófka: Sag deinem Bruder, wir kriegen ihn. Sag ihm, wir wissen, was er vorhat, und wir lassen ihn zappeln und bereiten ihm dann Schmerzen, die er sich nie hätte vorstellen können.«

Er trat Gracian zweimal in den Bauch, einen Tritt für jedes seiner Abschlussworte.

»Alles. Klar?«

Als der Junge so mit geschlossenen Augen und angezogenen Knien dalag, brauchte er eine ganze Weile, um zu bemerken, dass sie fort waren. Eines seiner Augen schien angeschwollen zu sein und er konnte kaum dadurch sehen. Mit dem anderen blickte er auf das Kopfsteinpflaster, das sich wie eine fantastische Landschaft vor ihm erstreckte. Die Rundungen der Steine erhoben sich aus dem Schneebett wie sanfte Hügel und glänzten im nachlassenden Licht. Am Rand seines Sichtfelds ragte die zerbrochene Lampe in die Höhe, und das Karbidstück lag ein Stück weiter entfernt, wie ein Schatz, der einem Schiffswrack entrissen worden war. In seinem Mund schmeckte er Blut.

Langsam und äußerst vorsichtig stützte er sich auf die Ellbogen, dann auf die Hände, dann auf die Knie und dann stand er auf. Er konnte sich nicht vollkommen aufrichten. In seinen Ohren war ein Geräusch, das sich anhörte wie fließendes Wasser. Er machte einen Schritt und spürte, wie Übelkeit in ihm aufstieg, er wartete und machte dann noch einen Schritt. Schmerz breitete sich überall auf seiner Haut aus, sodass sie bei der Berührung der Luft zusammenzuckte. Langsam ging er hinüber zu der Lampe, nahm das Karbid und steckte es zurück in das untere Fach. Der Henkel war abgerissen, konnte aber repariert werden. Der Reflektor war intakt, ebenso das Wasserventil. Also konnte sie noch leuchten. Plötzlich überkam ihn die Vorstellung, er würde durch endlose Lampenreihen einen leeren Stollen entlanggehen.

Er machte sich auf den Weg nach Hause und wusste nicht, wie lange er brauchte oder wie er seinen Körper bewegte. Ein- oder zweimal blickte er nach unten und sah, wie leuchtend rote Blutstropfen vor ihm in den Schnee fielen und von ihm aufgesogen wurden. Sie erblühten dort wie die karmesinroten Blumen am Hron.

Gracian erreichte das Haus, setzte sich auf die schmale Steinstufe vor der Haustür, lehnte sich mit dem Rücken gegen das Holz und starrte ins Leere. Gelegentlich hob er eine Hand, führte sie hinter sich und klopfte mit dem letzten Rest an Kraft, der ihm noch geblieben war, gegen die Tür.

Nach einer Weile hörte er drinnen Geräusche und spürte Bewegung durch die Tür dringen und dann wurde die Tür geöffnet. Er fiel ein wenig zurück, stützte sich mit einer Hand auf den Steinen ab und kippte seinen Kopf nach hinten. Seine Mutter stand über ihm.

»Gracian! Du auch! Das ist zu viel. Gott helfe uns, oh!«, rief sie. Dann beugte sie sich herunter, legte ihre Hände unter seine Arme, hob ihn hoch und dann verlor er das Bewusstsein.

Ein paar Minuten später kam er zu sich. Er saß auf einem Stuhl, der an der vorderen Küchenwand in die Nähe der Tür geschoben worden war. Seine Mutter beugte sich mit einer Schüssel Wasser und einem Lappen über ihn und tupfte ihm das Gesicht ab. Hinter ihr, im Hintergrund der Küche, konnte er verschwommen weitere Personen erkennen. Während seine Mutter ihn abtupfte, wandte er den Kopf ein wenig von einer Seite zur anderen und spürte, wie das kühle Wasser ihm über die Wangen und Lippen rann. Sein Mund öffnete und schloss sich. »Ich glaube, wir haben es gerettet«, sagte er immer wieder. »Ich glaube, wir haben es gerettet. Wir können noch sehen.«

Nach einer kurzen Weile hörte Gracian auf, den Kopf zu wenden und seltsame Dinge zu sagen. Er öffnete die Augen weiter und kehrte zurück, wo auch immer er gewesen war. Er konnte seine Mutter deutlich erkennen, obwohl der Raum dahinter immer noch wankte und schwankte, und er konnte Einzelheiten ihres runden Gesichts sehen, während sie sich um ihn kümmerte. Ihre dunklen Augen waren rot umrandet, und ihr Gesicht schien nach unten gezogen zu werden, ihre Wangen wirkten, als würden sie ein wenig absacken, und die Falten zwischen Nase und Mund waren breit und tief. Ihr zurückgebundenes Haar hatte sich an einigen Stellen aus dem Band gelöst und um ihren Kopf zeichneten sich die Strähnen wie abstrakte Flecken in dem trüben Licht ab. Immer wenn sie ihn ansah, war ihr Blick rege, forschend und verletzlich.

»Was ist los?«, sagte er und die Wunden an seinem Mund schmerzten.

Dann bemerkte er eine Bewegung hinter sich, und die Bewegung war eine sich öffnende Tür, und jemand, der mit gesenktem Kopf ins Zimmer trat, Gracian ansah und plötzlich, während er auf ihn und seine Mutter zukam, schrie: »Bastarde! *Bękarty!*« Dann hielten zwei andere Gestalten, in denen er seine Schwester und Józef Kukła erkannte, die Person zurück und beruhigten sie, sprachen mit leiser Stimme, tätschelten und streichelten ihren Rücken.

»Gracian«, sagte die Person und an der Stimme erkannte er Paweł.

»Was ist los?«, sagte Gracian, drängte die Hand seiner Mutter und den feuchten Lappen darin beiseite, lehnte sich in seinem Stuhl vor und zuckte dabei zusammen: »Was ist *los*?«

Seine Mutter blickte ihn mit ihren unruhigen Augen an.

»Es hat heute eine große Tragödie gegeben, Gracian, mein Schatz«, sagte sie mit sanfter Stimme, einer Stimme, die er aus seiner Kindheit kannte.

»Was für eine Tragödie?«, sagte er. »Ich will es wissen.«

Sie senkte den Kopf, erhob sich, blieb einen Moment stehen und ging dann zur Seite.

Links neben dem Küchentisch befand sich ein Tableau mit drei Figuren. Sein Bruder stand zwischen Franciszka und Józef Kukła, war vornübergebeugt, hatte mit seiner gekrümmten, verkrüppelten Hand das Gesicht bedeckt und umklammerte mit der anderen sein Haar. Sein Körper schien zu vibrieren und Franciszka und Kukła standen über ihm und hatten ihm die Hände beruhigend auf Schultern und Rücken gelegt.

Auf dem Küchentisch war eine Frau aufgebahrt. Sie war ganz in Schwarz gekleidet und ihr bleiches Gesicht hob sich so hell und leuchtend davon ab wie das unbewegte Gesicht einer Madonna. Von ihren Wangen aus breitete sich ihr Haar über den Tisch und fiel dann in einem einzigen langen, glatten Pinselstrich über den Rand.

Ohne dass jemand sprach und ohne dass jemand ihm helfen oder ihn hindern wollte, stand Gracian auf und ging zu der Frau, das Gewicht seines Körpers spürte er nicht mehr. Er stand über ihr. Er hob seine Hand und hielt sie mit der Handfläche nach unten ein paar Zentimeter über ihrem ruhigen Gesicht, dann bewegte er sie darüber hinweg, bis er zu dem kleinen, roten Loch in der Mitte ihrer Brust gelangte, wo die Kugel ihren Körper verlassen hatte. Mit der Hand verbarg er das Loch vor seinen Augen, und dann bewegte er die Hand wieder bis zu ihrem Gesicht, zog sie zurück und ließ sie sinken. Als er sie so anstarrte, bemerkte er, dass ein düsterer Zug der Sorge sich mit ihrer Schönheit verbunden hatte. Zwei dünne Falten ragten senkrecht auf der freien Fläche zwischen ihren Augenbrauen auf, und ihre Lippen waren fest zusammengepresst, obwohl sie immer noch voll waren und das tiefe Rosa der Dämmerung aufwiesen. Ihre Augen waren geöffnet. Ein heller Film hatte sich über sie gelegt und dämpfte ihre Farbe. Anna Malewskas Augen wirkten wie zwei ferne Planeten, die sich nicht mehr drehten.

In den folgenden Minuten und Stunden saß Gracian auf seinem Stuhl, während ein Schauspiel sich bewegender Gesichter vor ihm aufgeführt wurde. Mit sanften Worten, die durch die dämmrige Küche mit dem Küchentisch und seiner dunklen Last zu ihm hinüberschwebten, die durch die silbernen Töpfe zu ihm hinüberschwebten, erklärte seine Mutter ihm, dass Paweł und Anna in der vergangenen Nacht von deutschen Soldaten nach der Ausgangssperre im Wald gesehen worden waren und dass eine Kugel Anna auf der Flucht getroffen hatte, deren Wunde sich als tödlich erwies. Bis zum späten Vormittag hatte Paweł sich mit ihr versteckt, hatte sich an sie geschmiegt verborgen, bis er, ihren leblosen Körper auf den Armen, nach Haus gekommen war.

Die anderen hörten mit verschlossenen Gesichtern zu, als ihm diese Neuigkeiten erzählt wurden, und seine Augen wanderten von einem zum anderen. Franciszka mit den lang herabhängenden Haaren, Józef Kukła mit den hohen Wangenknochen, in denen sich der Schatten fing, Paweł. Dann sah er, dass das Leben der Personen in diesem Zimmer von nun an durch ein unauflösliches Band verbunden sein würde und dass die konkrete Form dieses Bandes still und schwarz auf dem Tisch lag. Als wären sie fünf nun zu Punkten geworden, die in einem neuen Sternbild erstarrt wären. Und dieses Sternbild hatte auf der Erde seinen Platz und die Geschichte des Sternbilds erzählte vom Tod.

Als Gracian die Frage stellte, die ihm auf den Lippen brannte, nämlich, was sie so spät im Wald gemacht hätten, hatte seine Mutter gelächelt und war mit noch mehr Wasser für sein Gesicht und seine Hände gekommen und hatte zu ihm gesagt, er solle sich jetzt nicht aufregen, sondern sich ausruhen, damit seine Wunden heilen konnten.

Bei diesen Worten aber hatte Paweł, der am Ende des Küchentisches kniete, die Füße von Anna Malewska umfasst hielt und seine Stirn gegen die Fußsohlen presste, aufgeblickt. Er blickte auf und sagte: »Genug, Mutter«, und dies in einer Stimme, die direkt aus einem Tagtraum zu stammen schien, »es gibt nichts, was vor ihm geheim zu halten wäre.« Und seine Augen, die er nun auf Gracian richtete, waren verschwommen. »Ein Heer von Bürgern erhebt sich«, sagte er, »überall im Land. Ein Netz breitet sich aus, auf Anregung von Präsident Raczkiewicz und General Sikorski in London, das wir über Dörfer, Ortschaften und Städte werfen, um die deutsche Armee zu stoppen. Letzte Nacht haben wir im Wald Informationen gesammelt, um dieses Netz ausbreiten zu können; das nennt man Aufklärung, verstehst du, Bruder?« Und dann schien sein Gesicht zu knittern, sich aufzulösen, und er blickte auf seine Hände, drehte und wendete sie, als hätte er sie noch nie zuvor gesehen, und seine Stimme klang gebrochen. »Aber in der letzten Nacht war ich mir meiner so sicher«, sagte er, »und jetzt weiß ich nicht, was ich tun soll. Ich bin verloren.« Er wandte sich zu seiner Mutter und streckte seine dreifingrige Hand in stummem Flehen aus.

Gracian beobachtete, wie seine Mutter sich aufrichtete, größer wurde, in der Mitte des Raums emporwuchs und einen langen Schatten warf, und die Kraft in ihr war die Kraft ihres Wesens, denn schon immer war sie diejenige gewesen, die organisierte, die Geschehnisse anordnete, die korrigierend eingriff, und als sie nun sprach, nickten ihre Söhne, ihre Tochter und der Mann ihrer Tochter und gehorchten, denn ihre Stimme klang befehlend.

»Wir sollten heute Nacht bei ihr bleiben«, sagte sie, »wie es Brauch ist. Nach dem, was du mir erzählt hast, Paweł, haben die Deutschen keinen Grund, anzunehmen, dass jemand von euch erschossen wurde, oder?«

»Stimmt.«

»Und wissen die anderen von Anna?«

»Nein.«

»Und ihre Mutter und ihr Vater, die Malewskas, wissen sie von eurer Beteiligung?«

»Ja.«

»Kann man ihnen trauen?«

»Ja. Sie haben uns oft auf ihre Art geholfen.«

»Dann werde ich sie heute Nacht benachrichtigen und du wirst die anderen benachrichtigen, wenn es geht, und morgen bringen wir sie in die Felder und begraben sie. So wird sie nicht vergessen. Aber es dürfen nur einige wenige sein. Gracian und ich gehen morgen früh zur Zeche. Wir werden sagen, dass er böse gestürzt ist, und um ein paar freie Tage bitten. Sie werden sie uns schon geben, *boska wola*, so Gott will. Und Paweł, mein Sohn, du weißt doch wohl, dass du morgen arbeiten gehen musst, oder? Wir dürfen ihnen keinerlei Verdachtsmoment liefern. Geh zur Arbeit, und danach treffen wir uns an der Stelle, wo sie beerdigt wird.«

»Ja, Mutter.«

»Wir werden das Gerücht verbreiten, dass Anna Malewska verschwunden ist. Vom Erdboden verschluckt. Vielleicht nach Deutschland verschleppt. Wir haben keine andere Wahl. Das ist unsere einzige Hoffnung.«

Dann zeigte sie mit dem Finger auf ihre Zuhörer, beschrieb damit einen Kreis, als wollte sie sie miteinander verbinden. Ihre Stimme klang feierlich.

»Was hier geschehen ist, muss für immer geheim bleiben. Nicht ein Wort darf außerhalb unseres Kreises darüber gesprochen werden. Zu unser aller Wohl dürfen nur die innerhalb des Kreises von Annas Schicksal wissen. Habt ihr das verstanden?«

Und jeder von ihnen sagte »Ja«, denn sie verstanden nur zu gut.

Die Beerdigung fand am frühen Nachmittag auf einem verlassenen Feld außerhalb von Maleńkowice statt. Sie dauerte nicht lang. Außer der Familie waren noch William und Urszula Malewska da, deren Gesichter gerötet und schmerzerfüllt waren, und vier weitere Personen, von denen Gracian annahm, dass sie die Gestalten waren, die er im Wald gesehen hatte. Sie standen in einem offenen Kreis um das Erdloch herum. Als Paweł aus Osok ankam, stellten sich die Männer in zwei Reihen nebeneinander auf und Anna Malewska wurde in die wartende Erde gesenkt. Es wehte ein scharfer Wind und der Schnee wirbelte umher, die Kleider der Trauernden bauschten sich und schlugen hin und her.

Gracian konnte sich kaum auf den Beinen halten. Seine Lippen und seine Wange waren geschwollen und hier und da hatte er gelbe und violette Flecken auf der Haut. Es schmerzte ihn zuzusehen, und der Schmerz saß nicht nur außen, sondern auch innen. Als die Erde über ihr wieder aufgefüllt wurde und ein festgetrampelter Hügel mit einem winzigen Kreuz markiert worden war, zerstreuten sich die Anwesenden langsam über das Feld. Da drehte Paweł sich um und sein Gesicht war bleich, blutleer, und Gracian, der sich ein wenig abseits von den anderen gehalten hatte, wandte seine Augen zum weiten, grauen Horizont. Eine Vogelschwarm schraubte sich durch den fernen Himmel.

Dann sah Paweł seine Mutter. Nach einem kurzen Augenblick öffnete sie die Arme, und er ließ sich dort hineinsinken, vergrub seine Wange an ihrer Brust. »Ich wollte nur, dass wir zusammenbleiben. Mehr wollte ich nicht«, hörte Gracian seine Mutter sagen, bevor ihre Stimme vom Wind davongetragen wurde.

Da drehte er sich um, um Paweł anzusehen, doch der war nur noch ein Paar Arme, das sich um den Rücken seiner Mutter geschlungen hatte, Hände, die ihren Mantel umklammerten, Knöchel, die vor Anspannung weiß waren.

Wenn Schuld schwerwiegend ist, entwickelt sie sich in Phasen, wie der Winter. Zuerst kriecht der Bodenfrost heran und breitet sich über den Geist aus, doch nicht ohne Raum für die alten Wurzeln von Zweifel und Hader zu lassen und darin die Samen der Vergebung. Vielleicht hatte gar nicht er die Wachen alarmiert? Vielleicht wären sie in jedem Fall geschnappt worden, wenn nicht jetzt, dann doch irgendwann einmal? Und konnte er die Lichtreflexe kontrollieren? Oder den Weg einer Kugel? Hatte Paweł ihm nicht zuvor das Teleskop gegeben? Und wie war er selbst daran gekommen? Aber solche Fragen erschöpfen sich rasch, und dann verhärtet sich die Luft, und das Eis erstarrt, und es gibt kein Entrinnen mehr. Die Schuld hat gesiegt und lässt sich nicht mehr vertreiben.

So erging es Gracian Sófka, der jede Nacht neben seinem Bruder lag, während seine äußeren Wunden langsam verblassten und der Schlaf nur selten Anspruch auf ihn erhob. Gelegentlich ergriff ihn am Tage erneut ein Anfall von Schüttelfrost, bei dem er bis in die Finger- und Zehenspitzen erzitterte und sich doch wieder beruhigte. Er spürte, dass da etwas in ihm wuchs, sich in ihm ausbreitete, darauf brannte, auszubrechen, erbebte und ihn mit sich erbeben ließ.

Nachts lag er wach und beobachtete seinen Bruder, der im Schlaf unruhig zuckte und manchmal weinte, und er spürte, wie dieses Etwas in einem langen Strom durch seine Lippen hinausfließen und ihn von seinem Druck befreien wollte. Aber er brachte es nicht über sich, es hinauszulassen. Er hatte Angst vor diesem Etwas und vor dessen Befreiung und deren Konsequenzen.

So waren die Brüder wieder vereint. Gracian war von seiner Mutter zum Vorarbeiter der Zeche Richter gebracht worden, Herrn Schultz, der mit seinem lang gezogenen, humorlosen Gesicht hinter seinem schmalen Schreibtisch in dem kleinen, engen Büro mit den kalten, grünen Steinwänden saß. Er trug eine Brille, über die hinweg er beide anblickte, den Jungen mit den schweren Verletzungen und den wund geschrammten Händen, und die Mutter, die ihr Anliegen vorbrachte. Lächerlich, hatte Schultz gedacht. Der Junge kann seine Sache doch selber vertreten. Er ist alt genug. Der Vorarbeiter hatte schmale, bleiche Lippen, die sich nicht gern teilten, um Worte zu entlassen, und als er sie schließlich öffnete, kamen nur neun heraus: »Vier Tage, mehr kann ich nicht für Sie tun.«

Paweł ging weiter zur Arbeit, zwang sich, weit vor Tagesanbruch aufzustehen und nach Osok zu laufen.

Wenn er nach Hause kam, war es, als wäre er nur noch das leere Spiegelbild seiner selbst. Keinerlei Gefühl zeigte sich auf seinem Gesicht und die Leere seiner Augen war die Leere des Kummers. Seine Mutter behandelte ihn äußerst nachsichtig, brachte ihm das Essen aufs Zimmer der Brüder, wo er saß oder auch manchmal auf dem Bett lag, mit gekreuzten Händen, als läge er auf einem Sarkophag. Selbst Kukła schien von Pawełs Zustand erschüttert und murmelte hier und dort mit gesenkten Augen etwas Tröstendes.

Unter solchen Bedingungen war es für Gracian schwieriger denn je, mit seinem Bruder zu sprechen.

Aber dann kam die Nacht am letzten Tag von Gracians Erholungszeit. Die Brüder hatten einige Zeit lang schweigend nebeneinander in ihren Betten gelegen und im Walten der Dunkelheit wirkte der Raum zwischen ihren Betten unüberwindlich. Keiner von beiden schlief. Gracian lag da und horchte auf jedes kleinste Geräusch, auf den zunehmenden Druck, der ihm die Kehle verengte. Außerhalb seiner selbst fühlte er die Anwesenheit von etwas Gewichtigem in der Luft. Dann quietschten Sprungfedern, fiel Stoff im Bett seines Bruders, und eine Lampe wurde angeknipst, und gelbes Licht durchschnitt das Zimmer.

Auf seinem Bett hatte Paweł sich zu ihm gewandt. Er schien plötzlich aufgeregt, eifrig.

»Wie gefällt dir das Teleskop, Gracian?«, sagte er.

Gracian rührte sich nicht. Er hatte sein Gesicht nach oben gerichtet und konnte im goldenen Licht die glatte, hohe Decke sehen.

»Das Teleskop«, wiederholte Paweł. »Hast du es benutzt?«

»Ein wenig.«

»Ein wenig? Warum nicht viel?« Paweł saß nun aufrecht und hatte seine Beine halb über die Matratze geschwungen. »Kann ich es sehen?«

»Warum?«

»Ich will es sehen. Willst du es mir nicht geben?«

Da seine Gliedmaßen noch schmerzten, bewegte Gracian sich mühsam, bis er unter sein Bett greifen konnte. Er fand die Stelle, an der er das Teleskop versteckt hielt, und zog es heraus. Paweł streckte die Hand aus, doch der Junge gab es ihm nicht. Er fühlte, wie das Zittern wieder in ihm anstieg, und bezwang es mit geschlossenen Augen.

»Gib es mir«, sagte Paweł.

Und widerstrebend gab er es ihm.

Paweł drehte das Teleskop in seinen Händen. Das Lampenlicht fing sich in seiner Rundung und ein schmaler Lichtbogen fiel auf Pawełs Gesicht. Er lächelte.

»Ist es nicht wunderschön? Ich wollte es mir nur ansehen. Es war mein Geschenk für dich. Ich dachte mir, du könntest es brauchen«, sagte er, lehnte sich ein wenig zurück und kratzte sich das Kinn. Er war unrasiert.

Er fuhr mit den Fingern über das Teleskop, schob es ineinander und zog es wieder in die Länge. Dann hob er es an sein Auge und blickte durch die große Öffnung in die Dunkelheit des Raums.

Jetzt saß Gracian aufrecht und sah ihm aufmerksam zu. Als Paweł den Kopf wandte, verjüngte sich das Teleskop von seinem Kopf aus wie die Lupe eines Uhrmachers, die hässlich ins Riesenhafte angeschwollen war.

»Durch dieses Ende habe ich nie gesehen«, sagte Gracian.

Als Paweł das Teleskop sinken ließ, war sein Lächeln verschwunden.

»Nicht?«, sagte er. »Vielleicht solltest du das eines Tages tun. Macht alles leichter, du wirst sehen. Alles ist nur noch ein kleines, scharfes Bild.«

Diese Worte schnürten Gracians Herz ein. Mit seiner Hand machte er eine Bewegung, als wollte er etwas zeigen, das er nicht gesagt hatte. Er lehnte sich vor und blickte Paweł in die Augen.

»Wie«, sagte Gracian dann, »können wir uns einer Sache sicher sein?«

Paweł sah den Jungen an. Da war Sehnsucht in seinen Augen, eine ferne Sehnsucht. Nach einer Weile gab er ihm das Teleskop zurück, lehnte sich vor, bis seine Füße fest auf dem Boden standen, er ihm genau gegenübersaß und weniger als drei Handbreit ihre Gesichter trennten.

»Dies ist eine Zeit der Entscheidungen, Bruder«, sagte Paweł. »Anna hatte ihre getroffen und ich hatte meine ebenfalls getroffen. Wir trafen unsere Entscheidung gemeinsam. Das ist alles, was wir auf dieser Welt haben. Wir leben durch Entscheidungen und wir sterben durch sie.«

Dann stieß er einen Laut durch die Nase aus und er starrte auf seine Füße. Langsam und nach einer Weile erst legte er den Kopf schräg, als wollte er fragen: *Was?*

Gracian konnte hören, wie er atmete.

»Sie war alles, was ich war, Gracian«, sagte er und Tränen lagen auf seinem Gesicht, »und sie war noch mehr als das. Wie soll ich ohne sie leben?«

Paweł lehnte sich plötzlich wieder vor, griff zur Lampe und löschte sie. In der Dunkelheit legte er sich wieder auf sein Bett. Kein Geräusch war von ihm zu hören, nicht einmal sein Atem. Nach einer Weile spürte Gracian, dass er jetzt sprechen konnte. Er hatte Angst.

»Die Männer«, sagte er. »Die Schupos. Sie sagten zu mir, sie würden dich schnappen. Dir wehtun. Sie sagten, ich solle dir diese Nachricht überbringen. Sie wüssten Bescheid.«

Er hörte, wie Paweł sich auf der Decke bewegte.

»Ist schon gut, Gracian«, sagte sein Bruder in die Stille hinein. »Früher oder später werde ich geschnappt. Davor habe ich keine Angst. Das war von Anfang an mein Schicksal.«

Und als das Zittern wieder in Gracian aufstieg,

rasch durch seinen Körper flutete, ihm bis in die Arme und Finger strömte, da drang ihm ein Bild in seinen Kopf und verweilte dort: ein Kleid, das in einem leeren Zimmer über der Lehne eines Stuhls hing, darunter zwei kleine Schuhe, die beide ein wenig auswärts zeigten, so als würden sie bald von selbst loslaufen.

An dieses Gespräch musste Gracian noch oft denken. Er fing wieder an, in der Zeche zu arbeiten, auch wenn seine Haut immer noch nicht verheilt war und seine Verletzungen ihm das Graben schwer machten.

»Diese *Tiere*«, sagte Dylong mit einem leisen, scharfen Zischen, während sich die Muskeln seiner riesigen Arme unter den Ärmeln anspannten. »Wenn ich sie mir nur einzeln vornehmen könnte. Wie können sie es wagen, Galileo das anzutun – meinem treuen Partner?«

Einmal fragte Dylong auch nach Anna Malewska, dazu zog er Gracian beiseite und sprach mit leiser Stimme zu ihm.

»Gibt es irgendwelche Neuigkeiten von ihr? Im Dorf wird geredet, geklatscht, es heißt, sie ist weg, einfach verschwunden. Paweł muss krank vor Sorge sein« – er kam noch näher heran, so nah, dass sein warmer Atem zu spüren war –, »wir fürchten alle das Schlimmste.«

Darauf gab Gracian keine Antwort.

Zwei Wochen nach Annas Tod wachte Gracian früh am Morgen schweißüberströmt auf. Paweł schlief neben ihm und murmelte etwas im Schlaf. Gracian lag ganz still da und stieg dann behutsam aus dem Bett. Der Ziegelofen hatte die ganze Nacht geheizt und im Zimmer war es sehr warm. Er trug nur ein weites Hemd und eine lange Unterhose. Vorsichtig, um seinen Bruder nicht aufzuwecken, ging er auf Zehenspitzen durch das Zimmer. Er erreichte das Fenster und zog es langsam herunter, das Glas gab ein leises, hell klirrendes Geräusch von sich, das in eine andere, in eine sonnenbeschienene Welt zu gehören schien.

Gracian hatte sich wieder – unausweichlich – den Sternen zugewandt. Er war zu schwach gewesen und das Zittern war in der letzten Zeit zu oft über ihn gekommen, als dass er ihnen hätte Beachtung schenken können. Doch als die Tage vergingen, dann eine Woche und mehr, hatte er gespürt, wie ihre Anziehungskraft zurückkehrte. Er sah sie, wenn er die Augen schloss, weit verstreut in der ihnen eigenen Dunkelheit, und eine Verzweiflung erfüllte ihn, brannte ihm in der Brust und beschleunigte seinen Herzschlag.

Jetzt lagen sie vor ihm da. Keine Wolke war zu sehen, der Himmel war ganz klar. Gracian sah sie alle, hunderte, je länger er blickte, desto mehr fanden seine Augen. Die Verzweiflung gewann die Überhand. Er spürte, wie sie sein Gesicht verzerrte, die Winkel seines Mundes nach unten zog und sich drückend auf seine Brust legte. Der Atem stockte ihm in der Kehle.

Da streckte er seine Hände aus, hinaus aus dem offenen Fenster, hinauf zu den Sternen. Er wusste, bei ihnen gab es keine Einsamkeit, denn sie kannten nichts anderes als das Alleinsein. Keine Zeit, denn sie kannten nur das langsame Abbrennen der Jahrtausende. Kein Glück, keine Traurigkeit und keine Verantwortung, denn sie kannten nur die Stille. Seit er ein Kind war, hatte er sie aufgesucht, um Befreiung von dem, was ihn umgab, zu erfahren. Und jetzt bat er sie um das, was sie ihm immer geschenkt hatten. Er bat sie nicht mit Worten, sondern mit dem Zittern seines Körpers, mit flehend ausgestreckten Händen. Er bat sie um Befreiung, Unterweisung, Belehrung, Aufmerksamkeit. Er bemühte sich, zu ihnen aufzusteigen.

Aber sie wollten ihn nicht. Hoch oben verströmten sie ihr Licht, stumm und kalt und entschieden. Und in diesem Moment konnte Gracian nichts an ihnen erkennen, was man für menschlich erachten konnte.

Er schreckte vom Fenster zurück und ließ sich darunter nieder, mit dem Rücken zur Wand, das offene Fenster über sich. Er bedeckte sein Gesicht mit den Händen und stieß trockene, tränenlose Schluchzer aus.

Und genau da, als er unter dem Fenster und mit dem Rücken zu den Sternen saß, traf Gracian eine Entscheidung. Zuerst fühlte sie sich an wie etwas Gasförmiges, doch dann nahm sie Form an, bis sie ihn fest und hart ausfüllte. Am nächsten Tag würde er zu seinem Bruder gehen und es ihm erzählen. Er würde ihm die Wahrheit erzählen. Über Anna und über alles andere. Jedes einzelne Wort darüber würde er erzählen. Und er würde nicht aufhören, bis alles erzählt war.

Seit Paweł ihn am Aussichtsplatz erwischt hatte, war weniger als ein halbes Jahr vergangen. Vielleicht werfen die Sterne auf ihrem Weg unsichtbare Schatten auf die Erde. Der alte Morek sang nicht mehr; seine Saison war zu Ende. Zeit kann nicht rückgängig gemacht werden. Der Krieg war in sein zweites Jahr eingetreten.

Die Entscheidung ließ Gracian nicht los, sondern wurde stärker, bis sie ihn wie ein Fieber im Griff hatte. Er hatte vor, es Paweł am nächsten Tag zu sagen, wenn er von der Zeche zurück war. Er kam nach Hause und strich rasch durch jedes Zimmer der unteren Etage und jedes Zimmer der oberen. Paweł war nirgends zu sehen.

Er fand seine Mutter und fragte sie: »Wo ist Paweł?«

Sie blickte ihn an. »Habe ich dir das nicht erzählt? Paweł ist zu William und Urszula gegangen. Er wollte sie sehen, eine Zeit in der Wohnung bleiben. Dort warten Erinnerungen auf ihn.«

»Was?«, sagte Gracian geschockt. »Wann kommt er zurück?«

»In ein paar Tagen. In zwei Tagen, glaube ich.«

»Aber es ist doch bestimmt nicht sicher da für ihn –«

»Genauso sicher wie hier, Gracian. Ich glaube, wir sollten ihn jetzt lassen.« Sie nickte heftig, um ihre eigenen Worte zu bekräftigen. »Er kommt schon zurück.«

Verstört verließ Gracian das Haus und lief rasch in die Richtung, wo die Wohnung der Malewskas lag. Doch wieder einmal war er nicht in der Lage, den Weg bis zu Ende zu gehen. Er stand auf der Straße und stellte sich vor, wie er an die Wohnungstür klopfte und eine neue Dimension der Trauer überbrachte. So sollte es nicht sein, dachte er. Paweł würde in zwei Tagen zurückkommen. Da ging er nicht weiter, sondern kehrte nach Hause zurück.

Am nächsten Morgen aber brach ein Stollen auf der Zeche Osok ein. Druck, der sich langsam und unkontrolliert im Gestein aufgebaut hatte, nutzte die Gelegenheit, sich auszubreiten. Einhundertsiebzig Quadratmeter Kohle und Mineralgestein gaben nach und zersplitterten die Stützträger. Als es geschah, hatte Paweł gerade Kohle geschaufelt, vornübergebeugt in der Ausbuchtung eines meterhohen Felsens, die Wände dicht um ihn herum, die Decke knapp über seinem Kopf. Sein Partner arbeitete weiter unten und hatte seine Stiefel gegen die Wand gestemmt. Gewarnt wurden sie zuerst vom Ruß, der so fein herniederrieselte, als wäre er eine sanfte Brise. Dann folgte ein reißendes Geräusch und die Lampen flackerten.

Paweł stand ziemlich nah an der Stelle des Einbruchs. Als der Stollen zusammenbrach, blickte er nach oben und öffnete den Mund, als wollte er die Erde aufrufen, auf ihn herunterzufallen. Schwärze legte sich auf seine Kehle und füllte seine Lungen. Er streckte die Arme aus und das Gestein verschluckte ihn.

Die Staubwolke brodelte und donnerte durch die Grube und wallte mit ihrem schwarzen Eigenleben hinaus. Sie erreichte den Aufzugschacht und nahm den Männern dort den Atem. Oben auf den Straßen war ein leichtes Beben zu spüren und einen kurzen Moment lang glitt ein schimmerndes Schwingungsband durch Osok.

Die Verantwortlichen der Zeche und die überlebenden Grubenarbeiter brauchten einige Stunden, um das Ausmaß des Schadens festzustellen. Die Aufzüge arbeiteten nicht störungsfrei und mussten repariert werden. Nachzüglerische Kohlenstaubwolken schraubten sich träge die Schachtöffnung hinauf. Die wenigen Einwohner von Osok versammelten sich um die Verwaltungsgebäude der Zeche und lautes Stimmengewirr entstieg der Menge. Nach und nach stellte sich heraus, dass vierzehn Männer ihr Leben verloren hatten.

Am späten Nachmittag machte sich ein Angestellter der Zeche auf den Weg nach Maleńkowice, um Pawełs Familie zu benachrichtigen. Gracian war gerade von der Zeche Richter zurückgekehrt und stand oben auf dem Treppenabsatz, als er hörte, wie die Tür geöffnet wurde. Der Mann trug einen blauen, schlecht sitzenden Anzug und hatte seine Krawatte abgenommen und in die obere Jackentasche gesteckt, aus der sie nun wie eine dunkle Zunge herausquoll. An Gesicht und Händen hatte er Ruß.

Der Mann sagte, woher er kam, und Gracians Mutter musste nichts Weiteres mehr von ihm hören. Sie musterte sein Gesicht, seinen alten Anzug und heulte auf. Sie schwankte schreiend und weinend durch die Küche, bis sie sich an Franciszka festhalten konnte und beide Frauen gemeinsam zu Boden sanken, wo die jüngere die ältere stützte. Gracian blieb, wo er war, oben auf dem Treppenabsatz. Józef Kukła war noch auf der Arbeit.

Als ihre Mutter sich ein wenig beruhigt hatte, erzählte der Mann ihnen, was passiert war. Dann sagte er: »Ich lasse Sie jetzt allein«, als er geendet hatte, und schloss die Haustür hinter sich, so leise, als ginge es darum, ein schlafendes Kind nicht aufzuwecken.

Am Abend suchte Gerard Dylong sie auf. Er stand in der Tür und berührte mit seinem Kopf fast den Türrahmen. Seine Mütze umklammerte er mit den Händen und seine Hände hingen unsicher vor seiner Brust.

Gracian sah von seinem Ausguck am Treppenabsatz, wie er kam. Er sah, wie Dylong mit seiner Mutter sprach, ihr die Hand auf die Schulter legte, sah dann, wie seine Mutter den Kopf schüttelte, ihm dankte und den Raum verließ. Dann sah er Dylong mit Franciszka sprechen, was länger dauerte, Franciszka hatte dabei eine Hand auf der Hüfte abgestützt und wiegte mit der anderen das schlafende Baby oder strich sich gelegentlich das Haar aus dem Gesicht. Der Kopf des Babys war genauso lang wie einer von Dylongs Fingern. Fetzen des Gesprächs drangen bis zu Gracian hinauf. Er hörte, wie Dylong »plötzlich« sagte und »stolz« und »Es ist wirklich ein Rätsel«. Und einmal hörte er seine Schwester sagen: »Irgendwie glaube ich, dass es ein Segen ist. Ich fürchtete schon, er würde … durch etwas anderes sterben. Etwas Schlimmeres.«

Dann sagte Dylong etwas, und Franciszka zeigte zur Decke, und Dylong ging auf die Treppe zu.

Er fand den Jungen in seinem Zimmer. Er saß auf dem Boden, unter dem Fenster, das weit geöffnet war. Kalte Luft erfüllte das Zimmer, und Dylong spürte, wie sie zirkulierte, und der Junge und er stießen Dampfwölkchen aus.

»Hallo, Galileo«, sagte er, leicht gebückt und mit den Händen immer noch seine Mütze umklammernd, als wäre sie ein alter Lumpen.

Als der Junge nicht antwortete, trat Dylong zögernd ein paar Schritte vor und setzte sich auf die Ecke des hinteren Betts.

»Ich bin nur gekommen, um nach meinem Partner zu sehen.«

Die Augen des Jungen waren auf die Wand gerichtet und blinzelten langsam und abwesend.

»Ein Freund von mir arbeitet in Osok. Er sagt, der Einbruch war schwer und schnell, geschah innerhalb eines Augenblicks. Keiner, den es erwischt hat, hat etwas davon gespürt«, sagte Dylong. »So ist die Kohle, hart und sanft, je nachdem.«

Der Junge hatte die Augen geschlossen. Dylong fuhr sich mit dem Handrücken über den Mund und fingerte nervös an den ausgefransten Nähten seiner Mütze.

»Es tut mir Leid, Junge«, sagte er. Dann stand er auf. »Ich gehe jetzt.« Er ging auf die Tür zu und fing wieder an zu sprechen.

»Aber denk dran, da ist noch der Schwefel, nach

dem wir suchen. Dafür brauche ich dich. Wir werden ihn finden. Ich sag's dir, wir werden ihn finden.«

Wieder brach er ab. Als er die Tür erreicht hatte, drehte er sich um und setzte sich die Mütze auf.

»Ich weiß, dass die Leute sagen, ich sei nicht ganz richtig im Kopf«, sagte Dylong dann ruhig. »Und es stimmt schon: Wenn ich wirklich Schwefel finden würde, wäre wahrscheinlich nicht ich derjenige, der davon profitiert.« Er tippte einmal mit dem Finger gegen die Stirn. »Aber wenn du dich dein ganzes Leben lang durch Kohle gräbst, hast du besser einen guten Grund dafür.« Er lächelte traurig und schickte sich erneut an zu gehen.

»Bis bald, Galileo.«

»Dylong.«

»Ja?«

»Warum nennst du mich immer bei diesem Namen?«

Dylong sah Gracian an und Gracian sah Dylong an.

»Weil du ein Sterngucker bist, Junge«, sagte Dylong. »Du wirst immer einer sein – selbst wenn morgen die Sterne vom Himmel fallen.«

Später öffnete Gracian die Augen und bemerkte, dass er eingenickt war. Draußen war die Nacht hereingebrochen. Langsam stand er auf und fing an, auf und ab zu gehen. Als er zum siebten Mal das Zimmer umrundete, erbrach er klare Flüssigkeit in einer Ecke an der Tür. Er kniete sich hin und wischte sich den Mund, bis ihm nicht mehr übel war. Dann blickte er auf und sah die beiden leeren Betten und in einem Wutanfall warf er sich auf sie. Er zog die Laken ab und trampelte mit den Stiefeln darauf herum. Er kippte die Matratzen aus dem Metallgestell und versuchte, sie aufzureißen. Die meisten Sprungfedern demolierte er. Danach ging er zum Kleiderschrank und warf Kleider und Bügel auf den Boden. Er zertrümmerte das Holz mit Fäusten und Füßen. Dann saß er lange Zeit auf den Überresten des Schranks und starrte ins Nichts. Einen kurzen Augenblick war etwas in ihm aufgewallt, doch jetzt war es weg. Er fühlte sich hilflos.

Doch nach und nach, während er zwischen den verdrehten Kleiderbügeln und dem zersplitterten Holz saß, überkam ihn eine Klarheit. Er fühlte eine Art Zusammentreffen, einen Entschluss. Eine ungeheure Last hatte sich aufgelöst, die Welt fühlte sich leichter an. Er zog Mantel, Handschuhe und Mütze an, suchte zusammen, was er brauchte, und verstaute es in den Taschen seines Mantels. Dann ging er nach unten.

Dort saßen sie schweigend um den Küchentisch herum. Gracian wusste nicht, wann sie sich dort versammelt hatten oder ob sie den Lärm aus seinem Zimmer gehört hatten. Als er an der Tür auftauchte, blickte seine Mutter auf.

»Gracian, du bist's. Ich glaube, ich habe gedöst. Wie geht es dir?« Sie musterte ihn. »Wohin gehst du?«, fragte sie.

»Ich bin bald zurück.«

»Aber es ist fast Ausgangssperre.«

»Ich muss gehen. Ich bin bald zurück«, sagte Gracian.

»Gracian, nein –«

Er ging zu seiner Mutter und umarmte sie, roch ihren Duft und strich ihr übers Haar.

»Oh«, sagte sie, presste ihr Gesicht an seinen Hals und fing an zu weinen. »Es ist einfach zu viel«, sagte sie.

»Ich weiß«, sagte Gracian.

»Ich bin zum Teil dafür verantwortlich, ich weiß es«, sagte seine Mutter zwischen zwei Schluchzern. »Ich bat ihn, diese Arbeit anzunehmen.«

Gracian blickte auf sie hinunter, auf den Scheitelpunkt ihres Kopfes.

»Er hat es nicht für dich getan, Mutter«, sagte er.

Als sie aufblickte, sah sie im Gesicht ihres jüngeren Sohnes große Herzlichkeit.

Und als er durch die Tür hinausging, versuchte niemand, ihn aufzuhalten.

Und so ging Gracian ein drittes und letztes Mal in den Wald. Nach einer Weile erreichte er den Aussichtsplatz, wo alles noch so war, wie er es in Erinnerung hatte. Als hätte dieses kleine Fleckchen Erde die ganze Zeit auf seine Rückkehr gewartet. Er hatte vergessen, wie schön es hier war: die Bäume, die hoch in den Himmel ragten, die dichte Stille und das silberne Mondlicht. Schnee bedeckte die Erde, doch die Spitzen von Gras und das Fell von Moos brachen daraus hervor.

Langsam ging er einmal rund um die kleine, kreisförmige Lichtung, dann legte er den Kopf in den Nacken und sah nach oben.

In dieser Nacht sandte der Wald eine Art Glühen aus, wie eine weiche Lichtwiege für die Sterne. Gracian ging in die Mitte des Aussichtsplatzes, griff in seinen Mantel und holte das Buch, blassrote Buchstaben auf cremefarbenem Grund, und das Teleskop hervor. Er hielt jedes in einer Hand und betrachtete sie.

Er atmete stoßweise. Farbe hatte seine Wangen erblühen lassen und seine Augenlider flatterten wie

Schmetterlingsflügel. Er sank auf die Knie und legte das Buch und das Teleskop auf die Erde vor sich. Dann stand er auf, zog die Handschuhe aus und stopfte sie in seine Manteltasche. Er hob noch einmal den Kopf und sah die Sternbilder an ihren Plätzen.

Die Sterne können warten, hatte Paweł gesagt. *Das haben sie schon immer getan.* Und er wusste, dass das stimmte, denn die Sterne würden warten, warten und zusehen; doch er würde nicht länger ihnen zusehen. Ihr Leben war nicht seines und sein Körper war nicht aus Feuer und Gas. Sein Körper war fassbar und die letzte und wahrste Grenze, und jetzt spürte er ein weit verteiltes, kaum wahrnehmbares Prickeln darauf, das sich rasch verdichtete. Er blickte unter sich und sah, wie dunkle, runde Punkte in den Schnee sanken und diese sich immer mehr vertieften und immer zahlreicher wurden, und dann regnete es, lang gezogene, schwere Tropfen, die herabstürzten und auf seiner Haut zerplatzten.

In seinen Adern schwoll etwas an. Der Regen fiel und spülte den Schnee fort, und er wusste, dass der Winter nun endlich alterte und seinen Höhepunkt überschritten hatte.

Dort, in der Mitte seines Aussichtsplatzes, ging Gracian erneut in die Knie, während das Wasser ihm das Gesicht hinunterlief, das Wasser die Erde überspülte. Das Buch und das Teleskop lagen vor ihm. Leben lag in der Betrachtungsweise. Die Betrachtungsweise war eine Entscheidung, die getroffen werden musste.

Der Regen schien in seinem Fall vom Boden aufzusteigen, und Gracian war geworden wie der Regen: eine schmale Linie, die hinabfiel und doch aufstieg, die sich erhob und doch zur Erde gezogen wurde, und da endlich, als der Regen sein Haar durchnässte, kamen die Tränen, die letzte Befreiung, die seine Augen ihm gewähren konnten, und aus seinen Augen fielen die Tränen wie Regen. Er dachte: *seiner Betrachtungsweise treu bleiben. Ihre Schwächen akzeptieren. Die Sterne ziehen lassen.* Und er begann, mit seinen Händen in der Erde zu graben, die vom fallenden Wasser aufgeweicht, vom fallenden Wasser gereinigt worden war, er schaufelte Hände voll Erde beiseite und spürte den warmen Geist des Frühlings in seinen Fäusten. Schließlich hatte er ein Loch in die Erde gehöhlt. Er nahm das Buch und das Teleskop und legte sie behutsam hinein. Dann füllte er das Loch wieder auf, drückte den schweren Boden an und trampelte ihn mit seinem Stiefelabsatz fest. Bis sie vergraben waren. Im Mondlicht schimmerten die Tränen in seinen Augen, und er wischte sich mit den Fingerspitzen, an denen noch lose Erdkrumen hingen, über die Wangen.

Und wenn jemand von dort aufgestiegen wäre, fort von dem knienden Jungen mit den erdbedeckten Händen, hätte er nur das dunkle Aufragen der Fichtenstämme im Regen gesehen und darüber die zitternden

Wellenkämme eines grünen, schattigen Meeres und darüber, weit darüber noch, den weiten, offenen Himmel, an dem die fernen Wächter ihre Bahnen beschreiben: kreisend, vorbeiziehend und der Unendlichkeit winkend.